NORA ROBERTS

Retratos de um verão

CIP-BRASIL. CATALOGAÇÃO-NA-FONTE
SINDICATO NACIONAL DOS EDITORES DE LIVROS, RJ

R549r Roberts, Nora, 1950-
Retratos de um verão / Nora Roberts; Tradução de Alexandre D'Elia – Rio de Janeiro: HR, 2010.

Tradução de: One summer
ISBN 978-85-398-0036-0

1. Romance americano. I. D'Elia, Alexandre. II. Título.

10-3691 CDD: 813
CDU: 821.111(73)-3

Título original norte-americano:
ONE SUMMER

Direitos exclusivos de publicação em língua portuguesa cedidos pela Harlequin Enterprises II B.V./S.à.r.l. para Editora HR Ltda.
Rua Argentina, 171 — Rio de Janeiro, RJ — 20921-380 — Tel.: 2585-2000

Impresso no Brasil

978-85-398-0036-0

Elogios para a autora número 1 do *The New York Times*:

"Nora Roberts está cada vez melhor."
—*Milwaukee Journal Sentinel*

"Suas histórias já alimentaram os sonhos de mais de 25 milhões de leitores."
—*Entertainment Weekly*

"Nora Roberts tece histórias como ninguém."
—*Rocky Mountain News*

"Nora Roberts é de fato uma artista da palavra, que pinta suas histórias e personagens com vitalidade e imaginação."
—*Los Angeles Daily News*

"Nora Roberts tem um forte instinto para personagens e imaginação para detalhes."
—*Chicago Tribune*

"Nora Roberts se mantém firme nas listas de best sellers com sua excepcional habilidade para equilibrar alta qualidade com frequência de publicação."
—*Publishers Weekly*

"Não é possível industrializar arte e satisfazer desejos, mas Nora com certeza sabe como colocá-los na página."
—*The New York Times*

"Nora Roberts está em seu auge."
—*People*

"Os romances de Nora Roberts estão entre os melhores do gênero. São histórias cuidadosamente construídas, com personagens fascinantes."
—*USA TODAY*

"O estilo de Nora Roberts tem um toque novo e contemporâneo."
—*Kirkus Reviews*

NORA ROBERTS

Retratos de um verão

Tradução
Alexandre D'Elia

HARLEQUIN
BOOKS
Rio de Janeiro
2011

Capítulo 1

A sala estava escura. Escura como breu. Mas o homem chamado Shade, tal qual o significado de seu nome em inglês, escuridão, estava acostumado ao escuro. Às vezes ele preferia o escuro. Nem sempre era necessário enxergar com os olhos. Seus dedos eram sagazes e competentes, seu olho interior era tão aguçado quanto a lâmina de uma faca.

Havia ocasiões em que, mesmo sem estar trabalhando, ele se sentava numa sala escura e simplesmente deixava as imagens se formarem em sua mente. Formas, texturas, cores. Às vezes, elas surgiam com mais clareza ao fechar os olhos e deixar que os pensamentos fluíssem. Ele cortejava a escuridão, as sombras, com o mesmo ardor que cortejava a luz. Era tudo parte da vida, e a vida, suas imagens, era sua profissão.

Nem sempre ele via a vida da mesma forma que as outras pessoas. Às vezes, ela era mais dura e mais fria do que poderia, ou quereria, enxergar o olho nu. Outras vezes, era mais suave, mais encantadora do que imaginava o mundo atarefado. Shade observava isso, agrupava os elementos, manipulava tempo e forma, e, então, registrava à sua maneira. Sempre à sua maneira.

Agora, com a sala já escura e o som de jazz chegando calmo e enxuto, ele trabalhava com suas mãos e sua mente. Atenção e ritmo. Utilizava ambos em cada aspecto de seu trabalho. Lenta e suavemente, abriu a cápsula e transferiu o filme ainda não revelado para o rolo. Quando a tampa à prova de luz foi encaixada sobre o tanque de revelação, ele ajustou o cronômetro com a mão livre e, depois, puxou o cordão que acendia a luz cor de âmbar na sala.

Shade, às vezes, gostava mais de revelar o negativo e ampliar do que de tirar a foto. Trabalhar no laboratório requeria precisão e acuidade. Precisava de ambas em sua vida. Ampliar a foto permitia criatividade e experimentação. Ele também precisava de ambas. O que ele viu, o que sentia sobre o que viu poderia ser traduzido com exatidão ou permanecer como um enigma. Acima de tudo, precisava da satisfação de criar algo ele mesmo, sozinho. Sempre trabalhava sozinho.

Agora, ao dar cada passo preciso na revelação, temperatura, agentes químicos, agitação, tempo, a luz cor de âmbar destacava seu rosto nas sombras. Se Shade estivesse querendo criar a imagem de um fotógrafo trabalhando, jamais encontraria um exemplo mais claro do que ele próprio.

Seus olhos eram escuros e penetrantes, naquele instante em que acrescentava o fixador ao tanque. Seu cabelo também era escuro e longo demais para os padrões atuais, que não lhe diziam nada. Caía por cima de suas orelhas, da camiseta e da testa, e chegava perto das sobrancelhas. Ele nunca dera muita atenção a estilos. O seu era indiferente, quase frio, e altivo.

Seu rosto era bastante bronzeado, fino e severo, dominado por ossos fortes. Sua boca ficava retesada quando estava concentrado. Algumas linhas se espalhavam a partir dos olhos, ali delineando o que ele vira e o que sentira a respeito. Alguns diriam que não fora pouco.

O nariz era um pouco torto, resultado de uma casualidade profissional. Nem todo mundo gostava de ser fotografado. O soldado cambojano quebrara o nariz de Shade, mas ele conseguira um vigoroso retrato da cidade devastada, abandonada. Sempre considerara a troca justa.

Na luz âmbar, seus movimentos eram bruscos. Ele tinha um corpo esguio e atlético, resultado de anos no campo, frequentemente estrangeiro e pouco amigável, quilômetros de caminhadas e refeições não feitas.

Mesmo agora, anos depois de seu último trabalho para a *International View*, Shade continuava magro e ágil. Seu trabalho não era mais extenuante como costumava ser nos primeiros anos no Líbano, Laos e América Central, mas seu padrão não mudara. Trabalhava longas horas, às vezes, esperando horas a fio pelo ângulo correto, às vezes, gastando um rolo inteiro de filme em minutos. Se seu estilo e jeito de ser eram agressivos, poderia ser dito que o tinham mantido vivo e inteiro durante todas as guerras que ele cobrira.

Os prêmios que ganhara e o salário que recebia agora jamais deixavam de ser secundários em relação à fotografia. Se ninguém o tivesse pagado ou dado reconhecimento ao seu trabalho, Shade, ainda assim, continuaria trabalhando no laboratório, revelando seus filmes. Era respeitado, tinha sucesso e era rico. Mas, mesmo assim, continuava sem assistente e trabalhando no mesmo estúdio que montara dez anos atrás.

Quando Shade colocava seus negativos para secar, já tinha uma ideia de quais ampliaria. Contudo, quase não olhava para eles. Deixava-os pendurados e saía. No dia seguinte, a visão geral estaria melhor. Esperar era uma vantagem que nem sempre pudera ter. Naquele exato momento, queria uma cerveja. Tinha assuntos nos quais pensar.

Foi direto para a cozinha e pegou uma garrafa gelada. Retirou a tampa e a jogou na lata de lixo que sua faxineira semanal cobria com um plástico. O lugar era despojado, não exatamente esfuziante, com todo aquele cansativo preto e branco, mas também não era insuportável.

Inclinou a garrafa e deu um enorme gole, quase a esvaziando. Acendeu um cigarro e, em seguida, levou a cerveja para a mesa da cozinha, onde se recostou numa cadeira e colocou os pés em cima da mesa de madeira escovada.

A visão da janela da cozinha era de uma Los Angeles não tão glamourosa. Era um pouco áspera, rude, inflexível e dura. A luz do início de noite não conseguia torná-la agradável. Ele poderia ter se mudado para uma parte mais vistosa da cidade, ou para os morros, onde as luzes noturnas da cidade pareciam um conto de fadas. Shade preferia o pequeno apartamento que dava para as ruas descuidadas de uma cidade conhecida pela extravagância. Não tinha muita paciência para a extravagância.

Bryan Mitchell. Ela se especializara nisso.

Ele não podia negar que seus retratos dos ricos, famosos e bonitos eram benfeitos, até mesmo excelentes dentro daquilo a que se propunham. Havia compaixão nas suas fotos, humor e uma leve sensualidade. Ele nem negaria que pudesse haver um lugar para seu tipo de trabalho no campo da fotografia. Simplesmente não era o seu ângulo de trabalho. Ela refletia a cultura, ele entrava direto na vida.

O trabalho dela para a revista *Celebrity* era profissional, sagaz e frequentemente seco, ao seu modo. As pessoas superfamosas que ela fotografara eram, quase sempre, reduzidas de modo a torná-las mais humanas e próximas. Como ela decidira trabalhar como freelance, as estrelas, as quase estrelas e os criadores de estrelas que fotografava para a ostentação a procuravam. Ao longo dos anos, criara uma reputação e um estilo que a haviam transformado num deles, uma parte do círculo seleto e exclusivo.

Poderia acontecer com um fotógrafo, ele sabia. Eles podiam se tornar semelhantes aos seus próprios temas, aos seus próprios trabalhos. Às vezes, o que tentavam projetar se tornava uma parte deles. Uma grande parte deles. Não, não estava de má vontade com o estilo de Bryan Mitchell. Shade apenas tinha dúvidas quanto a trabalhar com ela.

Não gostava de parcerias.

Ainda que esses fossem os termos. Quando fora contatado por *Life-Style* para fazer um estudo pictórico da América, ficara intrigado. Ensaios fotográficos podiam ser relatos fortes e duradouros, podiam abalar e chocar ou tranquilizar e divertir. Como fotógrafo, ele sempre buscara isso. *Life-Style* o queria, queria as emoções fortes, às vezes, concisas, às vezes, ambíguas que suas fotos podiam retratar. Mas também queria um contrapeso. Uma visão feminina.

Ele não era tão teimoso a ponto de não entender a questão e não enxergar as possibilidades. Mas, ainda assim, o incomodava pensar que o compromisso dependia de sua disposição em compartilhar o verão, sua van e seus créditos profissionais com uma fotógrafa de celebridades. Três meses na estrada com uma mulher que passava seu tempo aperfeiçoando instantâneos de estrelas do rock e de personalidades famosas. Para um homem que adquirira experiência profissional no Líbano devastado pela guerra, a ideia não era das mais divertidas.

Mas ele queria fazer o trabalho. Queria a oportunidade de capturar um verão americano de Los Angeles a Nova York, mostrando a alegria, a emoção, o suor, os entusiasmos e as decepções. Queria mostrar o coração, ao mesmo tempo em que o despia até as entranhas.

Tudo o que precisava fazer era dizer sim, e compartilhar o verão com Bryan Mitchell.

— Não pense na câmera, Maria. Dance.

Bryan enquadrou em seu visor a estrela do balé, de 48 anos. Gostou do que viu. Idade? Um pouco alta, mas anos não significavam nada. Caráter, estilo, elegância. Resistência, mais do que tudo, resistência. Bryan sabia como captar e misturar tudo isso.

Maria Natravidova havia sido fotografada inúmeras vezes ao longo dos seus fenomenais 25 anos de carreira. Mas nunca com suor escorrendo por seus braços e umedecendo a malha. Nunca demonstrando esforço. Bryan não estava procurando as ilusões com as quais as dançarinas viviam, mas a exaustão, as dores que eram o preço do triunfo.

Pegou Maria num salto, as pernas esticadas paralelas ao chão, braços bem abertos e perfeitamente alinhados. Gotas de suor apareciam em seu rosto e nos ombros; os músculos formando feixes. Bryan acionou o obturador e moveu levemente a câmera para desfocar um pouco o movimento.

Aquela seria a foto definitiva. Ela sabia, mesmo antes de terminar o filme.

— Você me faz trabalhar — reclamou a bailarina, sentando-se numa cadeira e enxugando o rosto suado com uma toalha.

Bryan fez mais duas fotos e, então, baixou a câmera.

— Eu poderia ter pedido que vestisse algum traje típico, fazer uma iluminação por trás e lhe dar um arabesco para segurar. Mostraria como você é bonita, graciosa. Em vez disso, vou mostrar como você é uma mulher forte.

— E você, uma mulher inteligente. — Maria suspirou e soltou a toalha. — Se não, por qual outro motivo eu lhe pediria para fazer as fotos do meu livro?

— Porque sou a melhor. — Bryan atravessou o estúdio e desapareceu numa sala ao fundo. Maria massageava as pernas para se livrar de uma câimbra. — Porque a entendo, a admiro. E... — Ela trouxe uma bandeja com dois copos e um balde cheio de gelo. — Porque eu espremo laranjas para você.

— Querida. — Maria, rindo, pegou o primeiro copo. Por um instante, ela o segurou à altura da testa e, então, bebeu com sofreguidão. Seu cabelo escuro estava penteado para trás num estilo que apenas bons ossos e uma pele sem defeitos poderiam tolerar. Ela esticou seu longo e magro corpo na cadeira e examinou Bryan por cima dos óculos.

Maria conhecia Bryan havia sete anos, desde que a fotógrafa começara na *Celebrity* com a tarefa de tirar fotos dos bastidores do mundo da dança. A dançarina era uma estrela, mas Bryan não se mostrara embevecida. Maria ainda conseguia se lembrar da jovem com grossas tranças douradas e usando um macacão. A elegante primeira-bailarina se vira frente a frente com sinceros olhos acinzentados, um rosto elegante com bochechas enviesadas e uma enorme boca. O corpo alto e atlético quase não estava visível dentro da roupa folgada. Ela estava usando tênis velhos e longos brincos pendentes.

Maria baixou os olhos para os tênis Nike encardidos que Bryan estava usando. Algumas coisas nunca mudavam. À primeira vista, muitos rotulariam a loura alta e bronzeada usando tênis e short como a típica californiana. As aparências enganavam. Não havia nada de típico em Bryan Mitchell.

Bryan sentiu o olhar enquanto bebia.

— O que você vê, Maria? — Interessava-lhe saber. Conceitos e preconceitos eram parte do negócio.

— Uma mulher forte e inteligente, com talento e ambição. — Maria sorriu e se recostou na cadeira. — Quase como eu.

Bryan sorriu.

— Tremendo elogio.

Maria indicou o agradecimento com um gesto.

— Não há muitas mulheres de quem eu goste. De mim, eu gosto, e de você. E ando ouvindo alguns boatos sobre você e aquele jovem ator bonitinho.

— Matt Perkins. — Bryan não costumava se esquivar ou fingir. Ela vivia, por escolha própria, numa cidade movida a boatos, alimentada por fofocas. — Eu o fotografei, jantei algumas vezes com ele.

— Nada sério?

— Como você mesma disse, ele é bonitinho. — Bryan sorriu e mastigou um pedaço de gelo. — Mas quase não há espaço para os nossos egos na Mercedes dele.

— Homens. — Maria se inclinou para se servir novamente. — Agora, você vai dizer algo profundo.

— Quem melhor do que eu para isso? — contrapôs Maria. — Homens. — Ela repetiu a palavra, saboreando-a. — Eu os acho entediantes, infantis, tolos e indispensáveis. Ser amada... sexualmente, você compreende?

Bryan conseguiu evitar que seus lábios demonstrassem desacordo.

— Eu entendo.

— Ser amada é divertido, é extenuante. Como o Natal. Às vezes, me sinto como uma criança que não entende por que o Natal acaba. Mas acaba. E você fica esperando pela próxima vez.

Bryan sempre fora fascinada pela maneira com a qual as pessoas se sentiam em relação ao amor, como elas lidavam com isso, como o perseguiam em vão, como o evitavam.

— É por isso que nunca se casou, Maria? Está esperando pela próxima vez?

— Eu me casei com a dança. Para me casar com um homem, eu ia ter de me divorciar da dança. Não há lugar para dois com uma pessoa como eu. E você?

Bryan encarou sua bebida. Não estava mais se divertindo. Ela compreendia muito bem aquelas palavras.

— Não há lugar para dois — murmurou ela —, mas não espero pela próxima vez.

— Você é jovem. Se pudesse ter um Natal todos os dias, você não aproveitaria?

Bryan deu de ombros.

— Sou preguiçosa demais para ter um Natal por dia.

— Mesmo assim, é uma linda fantasia. — Maria se levantou e se esticou. — Você me fez trabalhar demais. Preciso tomar uma chuveirada e trocar de roupa. Tenho um jantar com meu coreógrafo.

Já sozinha, Bryan passou distraidamente o dedo pela parte de trás da câmera. Ela não pensava muito em amor e casamento. Já tivera sua experiência. Uma vez que a fantasia era submetida à realidade, ela desaparecia, como uma fotografia malfixada. Relacionamentos permanentes raramente davam certo, e mais raramente ainda traziam felicidade.

Pensou em Lee Radcliffe, casada com Hunter Brown havia quase um ano, ajudando-o a criar a filha dele e grávida de seu primeiro filho. Lee era feliz, mas, nesse caso, ela encontrara um homem extraordinário, um homem que desejava que ela fosse o que era de fato, até mesmo a estimulava a explorar a si mesma. A experiência pessoal de Bryan a ensinara que o que era dito e o que era sentido podiam ser duas coisas completamente opostas.

Sua carreira é tão importante para mim quanto para você. Quantas vezes Rob dissera isso antes de se casarem? *Termine a faculdade. Vá em frente.*

Então, eles se casaram, jovens, ávidos, idealistas. Em seis meses ela já estava infeliz com o tempo que dedicava às aulas e com seu emprego num estúdio local. Ele sempre queria o jantar quente e as meias lavadas. Um pedido nem um pouco exagerado, refletiu Bryan. Para ser justa, tinha de dizer que Rob exigira pouco dela. Mas, na época, era demais.

Eles gostavam um do outro, e ambos haviam tentado fazer ajustes. Ambos haviam descoberto que queriam coisas diferentes, coisas diferentes de cada um deles, coisas que nenhum dos dois poderia ser, nenhum dos dois poderia dar.

Poderia ser chamado de um divórcio amigável; sem raiva, sem amargura. Sem paixão. Uma assinatura num documento, e o sonho estava encerrado. Fora a experiência mais dolorosa da vida de Bryan. A mácula do fracasso permanecera nela durante muito tempo.

Ela sabia que Rob se casara novamente. Estava morando nos arredores da cidade com a mulher e dois filhos. Conseguira o que queria.

E ela também, disse para si mesma, dando uma olhada no estúdio. Não apenas quisera ser fotógrafa. Era fotógrafa. As horas que passava no campo, no estúdio, no laboratório eram tão essenciais para ela quanto dormir. E o que realizara nos seis anos que haviam se seguido ao divórcio fizera por conta própria. Não precisava dividir com ninguém. Não precisava compartilhar seu tempo. Talvez fosse bastante parecida com Maria. Era uma mulher que administrava a própria vida, tomava suas próprias decisões, pessoal e profissionalmente. Algumas pessoas não nasciam para compartilhar.

Shade Colby. Bryan colocou os pés na cadeira de Maria. Talvez tivesse que tomar uma decisão com relação a isso. Ela admirava o trabalho dele. Admirava tanto que, na realidade, torrara uma significativa quantia de dinheiro numa fotografia de uma cena de rua de Los Angeles que ele fizera, numa época em que dinheiro era uma grande preocupação para ela. Estudara a imagem, tentando analisar e adivinhar a técnica que ele utilizara para fazer a foto e a ampliação. Era um trabalho melancólico, com muito cinza e pouca luz. Mas, mesmo assim, Bryan sentira um certo caráter nela, não desesperança, mas crueldade. Contudo, admirar o trabalho dele e trabalhar com ele eram coisas diferentes.

Moravam e trabalhavam na mesma cidade, mas circulavam em ambientes diferentes. Na absoluta maioria das vezes, Shade Colby não circulava em ambiente algum. Vivia enclausurado. Já o vira em diversas ocasiões envolvendo fotografia, mas jamais haviam se conhecido.

Ele daria um interessante objeto para um ensaio, refletiu ela. Com tempo suficiente, poderia capturar aquele ar indiferente e realista numa foto. Talvez, se decidissem aceitar o trabalho, ela tivesse uma chance.

Três meses de viagem. Quantos lugares no país ainda não conhecia, quantas fotos não tirara. Pensativa, pegou uma barra de chocolate do bolso da calça e retirou o invólucro. Agradava-lhe a ideia de arrancar uma fatia dos Estados Unidos, uma temporada, e, depois, organizar as imagens. Quantas coisas poderiam ser ditas...

Bryan gostava de fazer seus retratos. Pegar um rosto, uma personalidade, principalmente uma bem conhecida, e descobrir o que ficava por baixo era fascinante. Algumas pessoas poderiam considerar isso algo limitado, mas ela achava muito variado. Podia pegar a estrela de rock durona e mostrar suas vulnerabilidades, ou desenterrar o humor de um superastro frio e majestático. Capturar o inesperado, o novo; esta era a proposta da fotografia para ela.

Agora estavam lhe oferecendo a oportunidade de fazer a mesma coisa com um país. As pessoas, pensou ela. Tantas pessoas.

Ela queria fazer o trabalho. Mesmo que isso significasse ter de compartilhá-lo com Shade Colby, juntamente com as descobertas, a diversão, ainda assim, ela queria fazer o projeto. Mordeu o chocolate. E daí se ele tinha a reputação de ser excêntrico e distante? Ela podia conviver com alguém por três meses.

— Chocolate engorda e enfeia.

Bryan levantou o olhar para Maria, que acabava de voltar à sala. Não suava mais. Agora, estava com a aparência que as pessoas esperavam de uma primeira-bailarina. Usando seda e cheia de diamantes. Elegante, serena, bela.

— Mas me deixa feliz — opôs-se Bryan. — Você está fantástica, Maria.

— Estou. — Maria passou uma das mãos nas ondulações de seda em sua cintura. — Mas, afinal, é meu trabalho ficar assim. Você vai trabalhar até mais tarde?

— Quero revelar o filme. Vou lhe mandar algumas provas amanhã.

— E este vai ser o seu jantar?

— Apenas o começo. — Bryan arrancou um enorme pedaço do chocolate. — Vou pedir uma pizza.

— Com *pepperoni*?

Bryan deu uma risadinha.

— Com tudo.

Maria apertou o estômago com as mãos.

— E eu vou comer com meu coreógrafo, aquele tirano, o que é quase o mesmo que nada.

— E eu vou tomar refrigerante em vez de champanhe. Sempre temos de pagar algum preço.

— Se eu gostar das provas, mando uma caixa para você.

— De champanhe?

— De refrigerante.

Maria deu uma gargalhada e foi embora.

Uma hora depois, Bryan pendurou seus negativos para secar. Precisava fazer as provas para ter certeza, porém. Dentre mais de quarenta fotos, escolheria no máximo cinco para ampliar.

Quando seu estômago começou a dar nós, ela olhou para o relógio. Pedira a pizza para as 19h30. Bem-cronometrado, pensou ela, e saiu da sala escura. Comeria e começaria a examinar as fotos de Matt que fizera para estampar uma revista feminina. Depois, trabalharia na foto escolhida até que os negativos de Maria estivessem secos. Começou a remexer as dezenas de pastas que estavam em sua mesa, seu método pessoal de arquivo, quando alguém bateu na porta do estúdio.

— Pizza — suspirou ela, gulosa. — Pode entrar, já estou morrendo de fome. — Bryan jogou sua enorme bolsa de tela na mesa de trabalho e começou a procurar sua carteira. — Chegou bem na hora. Mais cinco minutos, e eu teria sumido do mapa. Não devia ter deixado de almoçar. — Depositou na mesa um grosso e surrado bloco de notas, uma bolsa transparente de plástico cheia de cosméticos, um chaveiro e cinco barras de chocolate. — Acabei de colocá-la em algum lugar. Já vou encontrar o dinheiro, só um minuto. — Meteu a mão bem fundo na bolsa. — De quanto você precisa mesmo?

— Do máximo que eu conseguir.

— Como todos nós. — Bryan pegou uma carteira masculina usada. — E estou desesperada para limpar o cofre para você, mas... — Ela baixou a voz quando viu Shade Colby.

Ele olhou de relance para ela e, em seguida, se concentrou em seus olhos.

— O que você gostaria de pagar para mim?

— Pizza. — Bryan jogou a carteira na mesa com a metade do conteúdo da bolsa. — Um caso de fome extrema e identidade equivocada. Shade Colby. — Ela estendeu a mão, curiosa e, para sua surpresa, nervosa. Ele parecia mais assustador quando não estava no meio de uma multidão. — Eu o reconheço — continuou ela —, mas acho que nunca fomos apresentados.

— Não, não fomos.

Ele apertou a mão dela e segurou enquanto analisava seu rosto uma segunda vez. Mais forte do que ele havia esperado. Ele sempre procurava a força em primeiro lugar, depois, as fraquezas. E mais jovem. Embora soubesse que Bryan tinha apenas 28 anos, Shade esperara uma aparência mais severa, mais agressiva, vulgar. Ao contrário, ela parecia alguém que acabara de chegar da praia.

Sua camiseta era justa, mas ela era magra o suficiente para usá-la sem problema. As tranças chegavam quase na altura da cintura e o faziam especular sobre como seria seu cabelo livre e solto. Seus olhos o interessaram, cinzas, quase prateados, e amendoados. Olhos que gostaria de fotografar deixando o resto do rosto na sombra. Ela podia carregar uma bolsa de cosméticos, mas não parecia usar nenhum deles.

Não era fútil na aparência, concluiu ele. O que tornava as coisas mais simples se resolvesse trabalhar com ela. Não tinha paciência para esperar uma mulher se pintar e se pentear e fazer aquela confusão toda. Ela não faria. E o estava examinando da mesma maneira que ele a examinava. Shade aceitou aquilo. Um fotógrafo, como qualquer artista, estava atrás de ângulos.

— Estou interrompendo seu trabalho?

— Não, eu estava fazendo uma pausa. Sente-se.

Ambos estavam cautelosos. Ele fora até ali seguindo um impulso. Bryan não tinha certeza de como lidar com ele. Cada um decidiu esperar o momento propício antes de ultrapassarem as cortesias impessoais de praxe. Bryan permaneceu atrás da mesa. Território dela; movimento dele, decidiu.

Shade não se sentou de imediato. Em vez disso, meteu as mãos nos bolsos e deu uma olhada no estúdio. Era amplo e bem-iluminado pela faixa de janelas. Podiam-se ver, ainda dispostos numa parte do estúdio, pequenos focos de luz e um pano de fundo azul para alguma sessão de trabalho anterior. Refletores e para-sóis podiam ser vistos em outra parte, assim como uma câmera num tripé. Ele não precisou olhar de perto para perceber que o equipamento era de primeira linha. Contudo, um equipamento de primeira linha não fazia com que um fotógrafo fosse de primeira linha.

Ela gostou do jeito dele se portar, nem um pouco ansioso, mas pronto, distante. Se tivesse de escolher naquele instante, o fotografaria em sombras, sozinho. Mas Bryan insistia em primeiro conhecer a pessoa, para só depois retratá-la.

Quantos anos teria ele?, ela se perguntou. Uns 33, 35 anos? Já concorrera a um prêmio Pulitzer quando ainda estava na universidade. Não lhe ocorreu ficar intimidada.

— Belo lugar — comentou ele, antes de se sentar na cadeira em frente à mesa.

— Obrigada. — Ela virou a cadeira para poder analisá-lo de um ângulo diferente. — Você não tem um estúdio próprio, tem?

— Faço trabalho de campo. — Ele pegou um cigarro. — É muito raro eu precisar de um estúdio. Posso pedir emprestado ou alugar um sem o menor problema.

Ela foi, automaticamente, atrás de um cinzeiro embaixo do caos de sua mesa.

— Você mesmo faz todas as suas ampliações?

— Isso mesmo.

Bryan assentiu com a cabeça. Nas poucas ocasiões na *Celebrity* quando fora obrigada a confiar seu filme a outra pessoa, não ficara satisfeita. Este foi um dos principais motivos de ter decidido abrir seu próprio estúdio.

— Eu adoro trabalhar no laboratório.

Ela sorriu pela primeira vez, fazendo com que ele estreitasse os olhos e focalizasse seu rosto. Que espécie de poder era aquele?, imaginou ele. Um lábio franzido, sem nenhum esforço, relaxado. E era como um fantástico soco no estômago.

Bryan despertou com a batida na porta.

— Finalmente.

Shade a observou atravessar a sala. Não reparara que ela era tão alta. Mais de 1,75m, estimou ele, e grande parte de perna. Pernas longas, esguias e bronzeadas. Não era fácil ignorar o sorriso, mas era praticamente impossível ignorar as pernas.

Também não havia notado seu perfume até que ela passou por ele. Sexo sem pressa. Não conseguia pensar em outra maneira de descrevê-lo. Não era floral, não era sofisticado. Era básico. Shade deu uma tragada e a observou sorrir para o entregador de pizza.

Fotógrafos eram conhecidos por terem ideias preconcebidas. Fazia parte da profissão. Ele esperara que ela fosse elegante e suave. Era com uma pessoa assim que ele quase se resignara a trabalhar. Agora, era uma questão de reorganizar seus pensamentos. Desejaria ele trabalhar com uma mulher que tivesse cheiro de noite e parecesse uma garota de praia?

Shade se afastou dela e abriu uma pasta ao acaso. Reconheceu o assunto, uma campeã de bilheteria com dois Oscar e três maridos a seu dispor. Bryan a vestira com brilhos e fulgores. Ornamentos reais para a realeza. Mas ela não fizera a foto típica.

A atriz estava sentada numa mesa repleta de potes e tubos de loções e cremes, e olhava para seu próprio reflexo no espelho, rindo. Não o sorriso equilibrado e cuidadoso que não mostrava nenhuma ruga, mas uma gargalhada robusta, total, que era quase audível. Bryan deixara para o espectador especular se ela ria de seu reflexo ou da imagem que criara ao longo dos anos.

— Gosta?

Bryan trouxe a embalagem de pizza e parou ao lado dele.

— Gostei. Ela gostou?

Faminta demais para formalidades, Bryan abriu a caixa e retirou o primeiro pedaço.

— Ela encomendou um 16 por 24 de seu noivo. Quer um pedaço?

Shade olhou dentro da caixa.

— Eles se esqueceram de colocar alguma coisa nessa pizza?

— Não. — Bryan foi atrás de guardanapos numa gaveta do armário e trouxe lenços umedecidos. — Eu acredito firmemente no excesso de prazer. Então... — Bryan deixou a caixa aberta na escrivaninha entre eles, recostou-se na cadeira e apoiou os pés. Já estava na hora, decidiu ela, de ultrapassar a cerca. — Você quer conversar sobre o trabalho?

Shade pegou um pedaço de pizza e um punhado de lenços.

— Tem cerveja?

— Refrigerante... dietético ou normal. — Bryan deu uma enorme e prazerosa dentada. — Não deixo bebidas alcoólicas no estúdio. Os clientes acabam meio tontos.

— Vamos pular essa parte por enquanto. — Por um momento, comeram em silêncio, ainda medindo um ao outro. — Tenho pensado bastante sobre fazer ou não esse trabalho.

— Seria uma mudança para você. — Ele apenas ergueu uma sobrancelha, e Bryan aproveitou para fazer um bolinho com alguns lenços e jogar na lixeira. — O seu trabalho no exterior... foi barra-pesada. Havia sensibilidade e compaixão, mas era, em grande parte, sinistro.

— Era uma época sinistra. Nem tudo o que fotografo precisa ser bonitinho.

Desta vez foi ela quem ergueu a sobrancelha. Ele, obviamente, não pensara muito no caminho que ela percorrera ao longo de sua carreira.

— Nem tudo o que fotografo precisa ser rude. Há espaço para a diversão e a arte.

Ele aceitou a frase dando de ombros.

— Veríamos coisas diferentes se olhássemos pela mesma lente.

— É isso o que torna cada foto única.

Bryan se inclinou à frente e pegou outro pedaço de pizza.

— Gosto de trabalhar sozinho.

Ela comia, pensativa. Se ele tentava irritá-la, estava acertando bem no alvo. Se nada mais era do que a personalidade dele extravasando, nem por isso as coisas ficariam mais fáceis. De um jeito ou de outro, ela queria o trabalho, e ele fazia parte dele.

— Também prefiro trabalhar assim — disse ela lentamente. — Às vezes, é preciso que haja conciliação. Você sabe o que é conciliação, Shade. Você cede, eu cedo. Encontramos um meio-termo.

Ela não era tão relaxada quanto parecia. Bom. A última coisa de que precisava era viajar a trabalho com alguém com a jovialidade que ela ameaçava ter. Três meses, pensou ele novamente. Talvez. Uma vez que as regras de campo fossem estabelecidas.

— Eu faço o roteiro — começou ele bruscamente. — Começamos aqui, em Los Angeles, daqui a duas semanas. Cada um é responsável pelo próprio equipamento. Assim que estivermos na estrada, cada um vai seguir seu próprio percurso. Você faz suas fotos, eu faço as minhas. Sem perguntas.

Bryan lambeu um pouco de molho nos dedos.

— Alguém alguma vez o questiona, Colby?

— O que importa é saber se respondo ou não. — Foi dito com simplicidade, e era exatamente o que ele queria dizer. — O editor quer as duas visões, então, ele as terá. De tempos em tempos, pararemos para alugar um laboratório. E vou examinar seus negativos.

Bryan enrolou mais alguns lencinhos.

— Não vai, não.

Com toda a calma do mundo, ela cruzou as pernas. Seus olhos ficaram nublados, a única demonstração exterior de uma raiva crescente.

— Não estou interessado em ter o meu nome ligado a uma série de fotografias do universo pop.

Para se manter sob controle, Bryan continuou a comer. Havia tantas coisas, tantas coisas claras e objetivas que ela gostaria de dizer a ele. Nervosismo gastava muita energia, lembrou a si mesma. E, normalmente, não resolvia coisa alguma.

— A primeira coisa que vou querer ver escrita no contrato é que cada uma das nossas fotos terá o nosso próprio perfil. Assim, nenhum de nós vai ficar constrangido com o trabalho do outro. Não me interessa que o público pense que não tenho senso de humor. Quer outro pedaço?

— Não. — Ela era dura na queda. A pele do cotovelo poderia parecer tão macia quanto manteiga, mas a mulher não era. Talvez pudesse ficar irritado por ser insultado de modo tão casual, mas preferia isso a um acordo sem dificuldades. — Estaremos fora do dia 15 de junho até depois do Dia do Trabalho, no início de setembro. — Ele a observou erguer outro pedaço de pizza. — Já que estou vendo como você come, cada um vai cuidar das próprias despesas.

— Ótimo. Agora, caso você tenha alguma ideia esdrúxula, eu não cozinho e não vou cuidar do seu lixo. Vou dirigir o que tiver que dirigir, mas não vou viajar com você se estiver bêbado. Quando alugarmos um laboratório, vamos alternar quem vai usá-lo primeiro. Do dia 15 de junho até o início de setembro, somos parceiros. Meio a meio. Se tiver alguma objeção, vamos resolver agora, antes de assinar embaixo.

Ele pensou no que ela dissera. Bryan tinha uma boa voz, macia, tranquila, quase um bálsamo. Conseguiriam lidar muito bem com a proximidade, na medida em que ela não sorrisse muito para ele e ele mantivesse os olhos afastados daquelas pernas. No momento, ele considerava aquele o menor dos problemas. O dever vinha antes, assim como o que ele queria desse trabalho e para esse trabalho.

— Você tem um amante?

Bryan conseguiu não se engasgar com a pizza.

— Se está me fazendo uma proposta — continuou ela com leveza —, vou ter de recusar. Homens grosseiros e mal-humorados não são o meu tipo.

Por dentro, ele teve de reconhecer um outro golpe. Por fora, seu rosto permaneceu inexpressivo.

— Vamos morar juntos por quase três meses. — Ela o desafiara, percebendo ou não. Percebendo ou não, Shade aceitou. Aproximou-se. — Não quero ter de discutir com algum amante ciumento nos perseguindo ou telefonando sem parar enquanto estou tentando trabalhar.

Quem ele estava pensando que ela era? Alguma irresponsável que não sabia administrar sua vida pessoal? Ela se obrigou a parar por um instante. Talvez ele tivesse tido algumas experiências desagradáveis em seus relacionamentos. Problema dele, decidiu Bryan.

— Eu cuido dos meus amantes, Shade. — Bryan mordeu sua pizza com gosto de vingança. — Você cuida das suas. — Enxugou os dedos no último lenço de tecido e sorriu. — Desculpe terminar assim a festa, mas tenho de voltar para o trabalho.

Ele se levantou, avaliou as pernas dela e, depois, levantou o olhar. Faria o trabalho. E teria três meses para descobrir como se sentia em relação a Bryan Mitchell.

— Vou manter contato.

— Faça isso.

Bryan esperou até que ele atravessasse a sala e fechou a porta do estúdio atrás dele. Com uma energia incomum, e uma velocidade que normalmente reservava para o trabalho, ela deu um pulo e arremessou a caixa de papelão porta afora.

Os três meses seguintes prometiam ser bem longos.

Capítulo 2

Ela sabia exatamente o que queria. Bryan talvez estivesse um pouco adiantada em relação à data programada para o início do projeto "Verão americano" da revista *Life-Style*, mas estava gostando da ideia de estar um passo à frente de Shade Colby. Banal, talvez, mas ela estava gostando.

De qualquer modo, duvidava que um homem como ele fosse apreciar a alegria intemporal de um último dia de aula. Em que outra ocasião começava realmente o verão senão durante aquela explosão de liberdade?

Ela escolheu uma escola primária porque queria inocência. Escolheu uma escola de um bairro decadente porque queria realismo. Crianças que saíam da sala de aula e entravam numa limusine não eram a imagem que ela queria projetar. Aquela escola podia estar em qualquer cidade do país. As crianças que sairiam como um raio por aquela porta seriam como todas as crianças do país. As pessoas que olhassem para a foto, não importava a idade, veriam algo delas próprias.

Bryan usou o tempo que foi necessário para realizar a foto, escolheu e rejeitou diversos pontos até se decidir por um. Não era possível e nem aconselhável organizar a cena previamente.

Somente fotos ao acaso poderiam lhe dar o que ela desejava: a espontaneidade e a pressa.

Quando o sinal tocou e as portas se abriram, foi exatamente isso o que ela obteve. Era quase como ser pisoteada por tênis voadores. Gritando, berrando e assobiando, as crianças saíam da escola em direção à luz do dia.

Estouro de boiada. Foi este o pensamento que lhe passou pela cabeça. Bryan rapidamente se agachou e fotografou, pegando a primeira leva de crianças que saíam em disparada num ângulo que transmitia velocidade, multidão e confusão total.

Vamos, vamos! É verão, e todos os dias são sábados. Setembro estava a anos de distância. Ela podia ver isso estampado no rosto de cada criança.

Mudou de posição e tirou uma foto do grupo seguinte. Quando a foto estivesse finalizada, o grupo daria a impressão de estar arremetendo da página da revista. Num impulso, ela colocou a câmera na posição vertical. E conseguiu o efeito. Um garoto de uns 8 ou 9 anos descia a escada aos saltos, com as mãos para o alto e os dentes expostos na maior felicidade. Bryan o fotografou no ar enquanto ele elevava a cabeça e os ombros sobre as outras crianças. Ela capturara o garoto tomado pelo triunfo daquela mágica e dourada estrada da liberdade que se espalhava por todas as direções.

Embora já estivesse absolutamente certa de qual foto ampliaria para o trabalho, Bryan continuou a trabalhar. Em dez minutos, acabou.

Satisfeita, mudava lentes e ângulos. A escola já estava vazia, e ela queria fotografá-la daquele jeito. Não queria uma sensação de luminosidade excessiva, então, decidiu utilizar um filtro de baixo contraste. Quando revelasse a foto, Bryan "iludiria" a luz do céu colocando alguma naquela parte do papel para impedir a superexposição. Queria a sensação de vazio, de espera, contrastando com a vivacidade e a energia que acabara de surgir daquele prédio. Gastou um rolo inteiro de filme antes de se esticar e descansar a câmera.

Fim das aulas, pensou ela dando um risinho. Sentiu ela própria aquele carismático impulso de liberdade. O verão estava apenas começando.

Desde que se desligara da equipe da *Celebrity*, Bryan descobrira que sua carga de trabalho não diminuíra. No mínimo, descobrira-se uma chefe mais severa do que a revista. Ela amava seu trabalho e frequentemente dedicava a ele o dia inteiro e muitas noites. Seu ex-marido, certa vez, a acusara de ser obcecada não com a câmera, mas por ela. Era algo que jamais seria capaz de negar ou rebater. Após dois dias trabalhando com Shade, Bryan descobriu que não estava sozinha.

Ela sempre se considerara uma artesã meticulosa. Comparada a Shade, era apática. Ele tinha uma paciência no trabalho que ela admirava, mesmo deixando-a no limite da irritação. Trabalhavam a partir de perspectivas completamente diferentes. Bryan fotografava uma cena e transmitia sua visão pessoal; suas emoções, suas sensações sobre a imagem. Shade cultivava a ambiguidade de maneira deliberada. Apesar de suas fotos desencadearem dezenas de reações variadas, sua visão pessoal quase sempre permanecia secreta. Praticamente tudo sobre ele permanecia parcialmente obscuro.

Ele não batia papo, mas Bryan não se importava de trabalhar em silêncio. Era quase como trabalhar sozinha. Entretanto, os olhares longos e quietos dele chegavam a enervá-la. Mas não se importava de ser dissecada como se estivesse no visor de uma câmera.

Haviam se encontrado duas vezes depois daquele primeiro encontro no estúdio dela, ambas para tentar chegar a alguma conclusão sobre o roteiro básico e os temas para o trabalho. Ela não o achara menos difícil, mas incisivo. O projeto era importante o bastante para os dois tornarem possível o que ela sugerira: encontrarem um meio-termo.

Após a irritação inicial com ele ter desaparecido, Bryan concluíra que poderiam ficar amigos ao longo dos próximos meses, amizade profissional, de qualquer modo. Então, após dois dias trabalhando com ele, percebeu que seria impossível. Shade não conseguia demonstrar emoções simples, como a amizade. Ou ele estava deslumbrado ou enfurecido. Ela escolheu não ficar deslumbrada.

Bryan pesquisara bastante sobre ele, dizendo a si mesma que o motivo era a rotina profissional. Não se viajava com um homem sobre o qual não sabia literalmente nada. Ainda assim, quanto mais descobria, mais profunda ficava sua curiosidade.

Ele fora casado e, depois, divorciado aos 20 e poucos anos. Isso era tudo. Nenhuma história, nenhuma fofoca, nenhum certo ou errado. Ele apagava bem os rastros. Como fotógrafo da *International View*, Shade passara um total de nove anos morando no exterior. Não nas charmosas Paris, Londres ou Madri, mas no Laos, no Líbano e no Camboja. Seu trabalho lá o fizera concorrer a um Pulitzer e ganhar o Prêmio do Clube da Imprensa Estrangeira.

Suas fotografias estavam disponíveis para estudo e análise, mas a vida pessoal permanecia obscura. Ele raramente aparecia em eventos sociais. Os poucos amigos que tinha eram fiéis até a raiz do cabelo e jamais falavam nada sobre ele. Se quisesse saber mais sobre Shade, Bryan teria de descobrir durante o trabalho.

Bryan considerara um bom sinal o fato de terem concordado em passar o último dia em Los Angeles trabalhando na praia. Tinham decidido sobre a localização sem nenhuma briga. Cenas de praia era um tema que acompanharia todo o ensaio, da Califórnia a Cape Cod.

De início, caminharam pela areia juntos, como se fossem amigos ou amantes, sem se tocar, mas lado a lado. Não conversavam, mas Bryan já descobrira que Shade não jogava conversa fora, a menos que estivesse de bom humor.

Ainda não eram nem 10h, mas o sol já estava quente e brilhante. Como era uma manhã de meio de semana, a maioria das pessoas que estavam à procura de sol e mar era de jovens ou idosos. Quando Bryan parou, Shade continuou a andar sem que nenhum dos dois dissesse uma palavra.

O contraste chamara a sua atenção. A senhora idosa empacotada debaixo de um chapéu enorme e mole, usando um vestido de praia longo e um xale de crochê. Ela estava sentada embaixo do guarda-sol e observava sua neta, que usava apenas uma pequena tanga cor-de-rosa cheia de babados, cavar um buraco na areia ao seu lado. O sol caía em cheio sobre a criança. A sombra cobria a senhora.

Ela teria de pedir para a mulher assinar um termo de liberação. Invariavelmente, perguntar a alguém se seria possível tirar uma foto deixava a pessoa reticente, e Bryan evitava isso sempre que possível. Nesse caso, não era. Então, ela teve de ser paciente o bastante para papear e esperar até que a mulher ficasse novamente relaxada.

Seu nome era Sadie, assim como o da neta. Antes de dar o primeiro clique, Bryan já sabia que o título da foto seria: *Duas Sadies*. Tudo o que tinha de fazer era captar aquele olhar sonhador e distante da mulher.

Levou vinte minutos. Bryan esqueceu do calor desconfortável que estava sentindo enquanto ouvia, pensava e media os ângulos. Sabia o que queria. A cuidadosa autopreservação da senhora, a total falta de qualquer coisa parecida com isso na criança, e o laço entre elas, de sangue e tempo.

Perdida em reminiscências, Sadie se desligou da câmera e não notou quando Bryan acionou o diafragma. Ela queria a pungência; era o que havia visto. Quando a ampliasse, Bryan seria implacável com as rugas e pregas do rosto da avó, assim como realçaria a perfeição da pele da criança.

Satisfeita, Bryan conversou um pouco mais e, então, tomou nota do endereço da mulher com a promessa de lhe enviar uma cópia. Foi embora, atrás da próxima cena que registraria.

Shade também descobriu seu primeiro objeto, mas não conversou. O homem estava deitado de barriga para baixo sobre uma toalha de praia. Era vermelho, flácido e anônimo. Um empresário numa manhã de folga, um vendedor de Iowa... pouco importava. Ao contrário de Bryan, ele não estava atrás de personalidade, mas da semelhança daqueles que ficavam tostando seus corpos embaixo do sol. Ao lado dele, na areia, estavam um tubo de bronzeador e um par de sandálias de borracha.

Shade escolheu dois ângulos e tirou seis fotos sem trocar nenhuma palavra com o banhista que ressonava. Satisfeito, examinou a praia ao redor. Alguns metros adiante, Bryan estava tirando o short e a camiseta. O maiô vermelho e suave lhe subia pelas coxas de modo quase atordoante. Estava de lado para ele enquanto tirava o short. Seu rosto era agudo, bem-definido, como se tivesse sido esculpido por mãos meticulosas.

Shade não hesitou. Focalizou-a, fez a abertura, ajustou o ângulo e esperou. No momento em que ela se abaixou para retirar a camiseta, ele começou a fotografar.

Ela era tão tranquila, tão imperturbável. Ele não conseguia mais imaginar como uma pessoa podia ser tão completamente despreocupada num mundo onde o narcisismo se tornara uma religião. Seu corpo era uma linha longa e esguia, expondo-se cada vez mais à medida que tirava a camiseta por cima da cabeça. Por um instante, ela virou a cabeça na direção do sol, abençoando o calor. Alguma coisa começou a dar pontadas na barriga dele.

Desejo. Ele reconheceu. Não se importou com isso.

Era, disse para si mesmo, o que se chamava em seu trabalho de momento decisivo. O fotógrafo pensava e, depois, fotografava, enquanto observava a cena se desenrolar. Quando os elementos visuais e emocionais apareciam juntos, como naquele instante, mais parecendo um soco na barriga, o sucesso era certo. Não havia repetições, não havia segundas tentativas. Momentos decisivos significavam exatamente isso, tudo ou nada. Se ficara trêmulo por um instante, isso apenas provava que obtivera êxito na captura daquela sexualidade tranquila e lânguida.

Anos atrás, treinara a si próprio para não se deixar envolver emocionalmente com seus objetos de trabalho. Eles poderiam comê-lo vivo. Bryan Mitchell talvez não parecesse alguém que pudesse dar dentadas em um homem, mas Shade não se arriscava. Virou-se e se esqueceu dela. Quase.

Voltaram a se cruzar somente mais de quatro horas depois. Bryan estava sentada ao sol comendo um cachorro-quente, chafurdando em toneladas de mostarda e molho. De um lado, estava sua bolsa com a câmera, do outro, uma lata de refrigerante. Seus estreitos óculos de sol vermelhos refletiam a luminosidade em Shade.

— Como foi? — perguntou ela, com a boca cheia.

— Legal. Tem um cachorro-quente debaixo disso tudo?

— Hum, hum. — Ela engoliu e apontou para o quiosque. — Maravilhoso.

— Não, obrigado. — Shade se inclinou para baixo, pegou o refrigerante quente dela e deu um gole. Laranja e doce. — Como você consegue beber essa coisa?

— Eu preciso de muito açúcar. Tirei umas fotos que me agradaram bastante. — Ela estendeu a mão, pedindo a lata. — Quero fazer umas ampliações antes de irmos embora amanhã.

— Contanto que você esteja pronta às 7h.

Bryan enrugou o nariz ao terminar de comer seu cachorro-quente. Preferia trabalhar até 7h da manhã a ter de acordar tão cedo. Uma das primeiras coisas que teriam de resolver na viagem era a diferença nos relógios biológicos de cada um. Ela compreendia a beleza e o poder de uma foto do nascer do sol. Mas preferia o mistério e a cor do crepúsculo.

— Estarei pronta. — Ela se levantou, sacudiu a areia do traseiro e jogou a camiseta por cima do maiô. Shade poderia ter dito que ela parecia mais modesta sem aquilo. A maneira como a camiseta deslizava por cima das coxas, chamando a atenção para elas, era quase criminosa. — Desde que você dirija primeiro — continuou ela. — Só vou ser capaz de fazer isso às 10h.

Ele não sabia por que fizera aquilo. Shade era um homem que analisava cada movimento, cada textura, forma, cor. Recortava tudo de acordo com os respectivos rótulos e, depois, reagrupava novamente. Este era seu método. Não a impulsividade. Mas, mesmo assim, ele se aproximou e passou os dedos no cabelo dela sem pensar no ato ou nas consequências. Queria apenas tocar.

Ela ficou surpresa, ele conseguiu perceber. Mas não se afastou. Sequer deu aquele meio sorriso que as mulheres costumavam dar quando um homem não conseguia resistir e tocava o que o atraía.

O cabelo dela era macio; seus próprios olhos já o haviam dito, mas, agora, os dedos estavam confirmando. Ainda assim, era frustrante não senti-lo livre e solto, não poder deixá-lo brincar entre seus dedos.

Ele não a compreendia. Ainda. Ela ganhava a vida fotografando a elite, os atraentes, os ostentadores. Contudo, não parecia ser pretensiosa. A única joia que usava era uma corrente de ouro bem fina, acima dos seios. De onde pendia uma pequena cruz com um buraco na parte de cima. Mais uma vez, não estava maquiada, mas seu aroma era torturante. Ela poderia, com alguns rápidos toques femininos, se transformar em algo de tirar o fôlego, mas parecia ignorar as possibilidades e confiar na simplicidade. O que, em si, já era impressionante.

Horas antes, Bryan decidira que não estava disposta a ficar deslumbrada. Shade, naquele momento, estava concluindo que não se importava de ficar impressionado. Sem dizer uma palavra, ele deixou que a trança lhe caísse pelo ombro.

— Você quer que eu a leve de volta para o seu apartamento ou para o seu estúdio?

Então, era isso? Ele conseguira amarrá-la em questão de segundos e, agora, só queria saber onde deveria deixá-la?

— No estúdio.

Bryan pegou sua bolsa com a câmera. Estava com a garganta seca, mas depositou a lata de refrigerante quase cheia no lixo. Não sabia se conseguiria engolir. Antes de chegarem ao carro de Shade, ela teve certeza de que explodiria se não dissesse alguma coisa.

— Shade, você gosta dessa imagem fria e distante que elaborou para si próprio?

Ele não olhou para ela, mas quase deu um sorriso.

— É confortável.

— Exceto para as pessoas que precisam ficar a meio metro de você. — Não perderia a oportunidade de provocá-lo. — Talvez leve muito a sério o que a imprensa diz de você — sugeriu ela. — Shade Colby, tão misterioso e intrigante quanto seu nome, tão perigoso e tão arrebatador quanto suas fotos.

Desta vez ele sorriu, surpreendendo-a. De uma hora para a outra, ele se transformou numa pessoa cuja mão ela quisesse apertar e com a qual ela talvez quisesse dar gargalhadas.

— Onde diabos você leu isso?

— *Celebrity* — resmungou ela. — Mês de abril, cinco anos atrás. Fizeram um artigo sobre o mercado de fotografia em Nova York. Um de seus trabalhos foi vendido por 7.500 dólares na Sotheby's.

— Foi mesmo? — O olhar dele percorreu seu perfil. — Sua memória é melhor do que a minha.

Ela parou e virou o rosto para ele.

— Droga, eu comprei a foto. É uma melancólica, deprimente e fascinante cena de rua que eu não compraria por dez centavos se tivesse conhecido você antes. E, se eu não tivesse ficado tão apaixonada por ela, eu a pintaria toda de preto assim que chegasse em casa. Mas parece que vou ter mesmo é de virá-la para a parede durante seis meses até esquecer que o artista que a produziu é um idiota.

Shade a observou, sóbrio, e, depois, assentiu com a cabeça.

— Você faz um discurso e tanto quando está inspirada.

Com uma palavra curta e grosseira, Bryan se virou e começou a caminhar na direção do carro. Quando chegou do lado do carona e abriu a porta, Shade a interrompeu.

— Já que vamos literalmente viver juntos pelos próximos três meses, talvez você queira resolver o resto agora mesmo.

Embora tentasse falar calmamente, as palavras saíram por entre seus dentes.

— Que resto?

— Das reclamações que possa querer fazer.

Ela, primeiro, respirou fundo. Odiava ficar com raiva. Quase sempre, ficava exausta. Resignada, Bryan segurou a porta com as duas mãos e se inclinou na direção dele.

— Não gosto de você. Eu diria isso com a maior tranquilidade, mas não existe mais ninguém de quem eu não goste.

— Ninguém?

— Ninguém.

Por alguma razão, ele acreditava nela. Assentiu com a cabeça e, depois, colocou as mãos sobre as dela na porta.

— De qualquer forma, eu preferia não ter de fazer parte de nenhum grupo. Por que deveríamos gostar um do outro?

— Porque tornaria o trabalho mais fácil.

Ele ponderou enquanto mantinha as mãos coladas à dela. A parte de cima das mãos de Bryan era macia; as palmas das dele, duras. Ele gostou do contraste, talvez até demais.

— Você gosta das coisas fáceis?

Ele fez aquilo parecer um insulto, e ela se empertigou. Tinha os olhos no mesmo nível da boca dele, o que a fez mudar ligeiramente de posição.

— Gosto. Complicações são o seguinte: elas se metem no caminho e atrapalham tudo. Prefiro jogá-las para o lado e tratar do que é importante.

— Tivemos uma grande complicação antes de começarmos o trabalho.

Talvez ela devesse ter se concentrado em manter os olhos nos dele, mas isso não a impediu de sentir a pressão leve e firme das mãos dele. Não a impediu de entender o que ele estava querendo dizer. Como era algo que eles haviam meticulosamente evitado mencionar desde o começo, Bryan foi direto ao assunto.

— Você é um homem, e eu sou uma mulher.

Ele não conseguia evitar gostar do jeito como ela rosnava as palavras para ele.

— Exato. Podemos dizer que ambos somos fotógrafos, e o termo não deveria se referir a homem ou mulher. — Ele deu um sorriso quase imperceptível. — O que também é conversa fiada.

— Pode ser — disse ela, imparcial. — Mas pretendo lidar com isso, porque o trabalho vem em primeiro lugar. É de grande ajuda o fato de eu não gostar de você.

— Gostar não tem alguma coisa a ver com química?

Ela riu levemente para ele, porque sua pulsação estava começando a acelerar.

— Isso é uma palavra educada para desejo?

Ela não era de dar voltas em torno de um assunto uma vez começada a discussão. Muito justo, decidiu ele.

— Não importa como você chame, é exatamente essa a sua complicação. Seria melhor analisarmos bem isso e, depois, deixar de lado.

Quando os dedos dele apertaram os dela, Bryan desviou o olhar para eles. Ela compreendia o significado, mas não a razão.

— Imaginar como seria vai distrair nós dois — continuou Shade. Ela levantou novamente o olhar, cautelosa. Ele podia sentir a pulsação onde seus dedos a pressionavam, ainda que ela não fizesse nenhum movimento para se afastar. Se fizesse... Não havia motivos para especulações; era melhor seguir em frente. — Nós vamos descobrir. Depois, vamos arquivar, esquecer e prosseguir com nosso trabalho.

Parecia lógico. Bryan tinha uma desconfiança básica de qualquer coisa que parecesse lógica demais. Mesmo assim, ele acertara em cheio quando dissera que imaginar os distrairia. Ela vinha imaginando havia dias. A boca parecia ser a parte mais suave dele, mas até ela parecia dura, firme e inflexível. Como seria? Como seria o seu sabor?

Ela reconduziu o olhar para lá, e os lábios se franziram. Ela não pôde ter certeza se foi por bom humor ou sarcasmo, mas a convenceu.

— Tudo bem.

Quanta intimidade poderia haver num beijo separado pela porta de um carro?

Os dois se inclinaram lentamente, um na direção do outro, como se cada qual estivesse esperando se afastar no último momento. As bocas se encontraram levemente, sem paixão. Poderia ter acabado ali mesmo, com ambos se ignorando com desinteresse. Era a definição básica de beijo. Duas bocas se encontrando. Nada mais.

Nem um, nem outro poderia dizer quem mudou a situação, se foi algo calculado ou acidental. Os dois eram pessoas curiosas, e curiosidade talvez tivesse sido o fator. Ou talvez fosse inevitável. A textura do beijo mudava tão lentamente que era impossível parar até que já fosse tarde demais para arrependimentos.

Os lábios se abriram, convidativos, receptivos. Os dedos se juntaram. A cabeça dele se inclinou, assim como a dela, e o beijo se intensificou. Bryan percebeu que estava pressionando seu corpo contra a porta dura e inflexível, em busca de mais, pedindo mais, enquanto os dentes davam leves mordiscadas nos lábios dele. Ela estava certa. A boca era a parte mais suave dele. Incrivelmente suave, sensual ao extremo e a levava à loucura.

Bryan não estava acostumada a bruscas mudanças de humor. Jamais experimentara algo como aquilo. Não era possível se deitar e aproveitar. Não era para isso que existiam os beijos. Até aquele momento, ela acreditara nisso. Este demandava toda a sua força, toda a sua energia. Antes de terminar, já sabia que ficaria completamente esgotada. Total e maravilhosamente esgotada. Enquanto se divertia com a excitação, podia prever a glória dos momentos que estavam por vir.

Ele deveria ter percebido. Droga, deveria ter percebido que ela não era tão fácil e descomplicada como aparentava ser. Não havia olhado para ela e sentido um desejo torturante? Saboreá-la não aliviaria nada, apenas intensificaria. Ela conseguia minar seu controle, e controle era algo essencial para sua arte, sua vida, sua sanidade. Desenvolvera e aperfeiçoara isso ao longo de muitos anos de suor, medo e expectativas. Shade aprendera que o mesmo controle calculado que usava no laboratório, a mesma lógica minuciosa que usava para enquadrar uma foto poderiam ser aplicados com sucesso a uma mulher. Sem sofrimento. Foi só provar o gosto de Bryan e perceber como o controle podia ser débil.

Para provar a si mesmo, talvez para ela, que conseguia lidar com isso, ele permitiu que o beijo ficasse mais profundo, mais obscuro e úmido. O perigo pairava no ar, e talvez ele o cortejasse.

Poderia até estar se perdendo no beijo, mas, quando estivesse terminado, estaria terminado, e nada teria mudado.

Bryan tinha um sabor quente, doce, forte. Queimava-o. Ele precisava se conter, ou ficaria com uma cicatriz. Já tinha muitas. A vida não era tão linda quanto um primeiro beijo numa tarde quente. Ele sabia disso mais do que a maioria das pessoas.

Shade recuou, contente consigo mesmo por reparar que seu controle ainda estava no lugar. Talvez a pulsação não estivesse estável, sua mente, não inteiramente límpida, mas ele estava sob controle.

A mente de Bryan estava girando. Se ele lhe tivesse feito alguma pergunta, qualquer pergunta, ela não teria tido resposta alguma a dar. Agarrada à porta do carro, esperou seu equilíbrio retornar. Sabia que o beijo a esgotaria. Ainda sentia sua energia murchando.

Ele percebeu o olhar, o olhar suave que obrigaria qualquer homem a uma luta sangrenta para resistir. Shade desviou os olhos.

— Vou deixar você no estúdio.

Enquanto ele dava a volta para entrar no carro, Bryan desabou no assento. Arquivar e esquecer, pensou ela. Sorte danada.

Ela tentou. Bryan se esforçou tanto para esquecer o que Shade a fizera sentir que trabalhou até as 3h da manhã. Na hora em que chegou ao apartamento, já havia revelado o filme da escola e da praia, escolhido os negativos que queria ampliar e melhorado dois deles a ponto de considerá-los alguns dos seus melhores trabalhos.

Agora, dispunha de quatro horas para comer, fazer as malas e dormir. Após fazer um enorme sanduíche, Bryan pegou a maleta que reservara para a viagem e jogou dentro as coisas essenciais. Grogue de cansaço, comeu um pedaço de pão com carne e queijo com um grande gole de leite. Nada caiu muito bem em seu estômago, então, deixou o resto do jantar na mesa de cabeceira e voltou a arrumar a bagagem.

Mexeu no alto do closet, procurando a caixa com o sóbrio pijama feito à mão que sua mãe lhe dera de Natal. Definitivamente essencial, decidiu ela, jogando-o em cima da desordenada pilha de jeans e lingeries. Era assexuado, refletiu Bryan. Só podia esperar se sentir assexuada dentro dele. Naquela tarde, fora forçada a se lembrar de que era uma mulher, e uma mulher possuía vulnerabilidades que nem sempre podiam ser defendidas.

Não queria se sentir novamente como uma mulher na presença de Shade. Era muito temerário, e ela evitava situações temerárias. Como não era o tipo de mulher que insistia em enfatizar sua feminilidade, não haveria nenhum problema.

Disse para si mesma.

Uma vez que tivessem dado início ao trabalho, ficariam tão ligados nele que nem notariam se o outro, porventura, tivesse duas cabeças e quatro polegares.

Disse para si mesma.

O que acontecera naquela tarde fora simplesmente um daqueles momentos fugazes que os fotógrafos, às vezes, vivenciavam quando o instante impunha a cena. Não aconteceria novamente, porque as circunstâncias jamais seriam as mesmas.

Disse para si mesma.

Então, parou de pensar em Shade Colby. Já eram quase 4h, e as próximas três seriam só dela, as últimas só dela por muito tempo. E ela passaria essas horas da maneira de que mais gostava. Dormindo. Bryan se despiu e jogou as roupas sobre uma pilha. Depois, caiu na cama sem sequer se lembrar de apagar a luz.

Do outro lado da cidade, Shade estava deitado no escuro. Não dormira, embora já tivesse arrumado as malas havia horas. Sua bolsa e seu equipamento estavam cuidadosamente empilhados perto da porta. Ele estava organizado, preparado e completamente acordado.

Já perdera o sono em ocasiões anteriores. O fato não o importava, mas o motivo, sim. Bryan Mitchell. Embora tivesse conseguido colocá-la de lado, no fundo, nos confins de sua mente ao longo da noite, não conseguira realmente tirá-la da cabeça.

Podia dissecar o que acontecera entre eles naquela tarde ponto a ponto, mas isso não mudaria uma coisa essencial. Ficara vulnerável. Talvez apenas por um instante, por um átimo, mas ficara vulnerável. E isso era algo que não podia suportar. Era algo que ele não permitiria que acontecesse uma segunda vez.

Bryan Mitchell era uma das complicações que ela afirmava gostar de evitar. Ele, por outro lado, estava acostumado com elas. Jamais tivera problema algum em conviver com complicações. Ela não seria diferente.

Disse para si mesmo.

Pelos próximos três meses, estariam aprofundados num projeto que deveria abarcar completamente todo o tempo e toda a energia dos dois. Quando estava trabalhando, ele era bem capaz de canalizar sua concentração num ponto e ignorar todo o resto. Isso não era problema.

Disse para si mesmo.

O que acontecera, acontecera. Ele ainda acreditava que seria melhor se livrarem do problema antes de darem início ao projeto, melhor se livrarem da especulação e da tensão que poderia causar. Haviam eliminado a tensão.

Disse para si mesmo.

Mas não conseguia dormir. A dor em seu estômago não tinha nada a ver com o jantar que ficara frio no prato, intocado.

Ainda lhe restavam três horas antes de ter de passar três meses com Bryan. Shade fechou os olhos e fez o que sempre era capaz de fazer sob estresse. Dormiu.

Capítulo 3

Bryan estava acordada e vestida às 7h da manhã, mas não se considerava preparada para conversar com ninguém. Segurava a maleta e o tripé com uma das mãos, duas bolsas com câmeras e sua bolsa pessoal estavam atravessadas nos ombros. No instante em que Shade freou, ela estava descendo a escada em direção à calçada. Achava importante ser pontual, mas não ficava necessariamente alegre com isso.

Deu um grunhido para Shade; era o mais próximo de uma saudação que podia conseguir naquela hora. Em silêncio, guardou seu equipamento na van, se jogou no assento do carona, esticou as pernas e fechou os olhos.

Shade olhava para o que conseguia enxergar do rosto dela, escondido atrás de óculos escuros redondos com lentes cor de âmbar e embaixo de um chapéu de palha puído.

— Noite ruim? — perguntou ele, mas ela já estava dormindo. Balançando a cabeça, ele soltou o freio de mão e deu partida no carro. Estavam a caminho.

Shade não se importava de fazer longas viagens de carro. Isso lhe dava uma chance de pensar ou não pensar, dependia dele. Em menos de uma hora, já estava fora do tráfego de Los

Angeles e indo para o nordeste pela rodovia interestadual. Gostava de dirigir ao nascer do sol, com a estrada livre à frente. A luz ricocheteava no aço cromado da van, tremeluzia no capô e cortava os sinais da estrada.

Ele planejara percorrer entre 800 e 950 quilômetros naquele dia, até Utah, a menos que alguma coisa interessante chamasse sua atenção e tivessem de parar para uma foto. Depois desse primeiro dia, não via razão para ficarem se preocupando com a quilometragem percorrida. Atrapalharia o ponto central do projeto. Dirigiriam de acordo com a necessidade, trabalhando nas localidades que haviam definido previamente.

Estabelecera um roteiro que podia ser facilmente alterado, mas não traçara nenhum itinerário. A única obrigatoriedade era estarem na Costa Leste no Dia do Trabalho, na primeira segunda-feira de setembro. Ligou o rádio baixinho numa estação que tocava música country enquanto dirigia num ritmo estável. Ao seu lado, Bryan dormia.

Se esta era a rotina dela, refletiu ele, não teriam problema algum. Enquanto ela estivesse dormindo, não ficariam se atazanando. Ou excitando um ao outro. Mesmo naquele instante, ele perguntava a si mesmo por que pensar nela o tinha mantido inquieto durante a noite. O que havia nela que o preocupava? Não sabia, o que já era uma preocupação em si.

Shade gostava de poder resolver problemas desmontando-os em pequenos pedaços para, mais tarde, remontá-los de acordo com sua preferência. Embora ela estivesse quieta, quase reservada, naquele instante, ele não acreditava que pudesse se utilizar deste método com Bryan Mitchell.

Após sua decisão de aceitar o trabalho, ele estabelecera como prioridade profissional descobrir mais coisas sobre ela. Shade talvez preservasse sua vida pessoal e rosnasse para garantir sua privacidade, mas de maneira alguma era desprovido de contatos. Conhecia o trabalho dela para *Celebrity*, e também os outros trabalhos mais personalizados e criativos para revistas como *Vanity* e *In Touch*. Ela se transformara, ao longo dos anos, numa artista *cult* ou qualquer coisa do tipo, com suas fotografias excêntricas e quase sempre radicais dos famosos.

O que não sabia era que ela era filha de uma pintora e de um poeta, ambos excêntricos e quase famosos moradores de Carmel. Ela fora casada com um contador antes dos 20 anos de idade, se divorciando três anos depois. Namorava com uma naturalidade quase estudada e tinha alguns planos vagos de comprar uma casa de praia em Malibu. Era bastante admirada, respeitada e, sem sombra de dúvida, confiável. Ela, quase sempre, fazia tudo devagar, uma combinação de busca pela perfeição e sua crença de que a pressa era um desperdício de energia.

Não encontrara nada surpreendente em sua pesquisa, assim como não achara nenhuma pista de por que se sentia tão atraído por ela. Mas um fotógrafo, um fotógrafo de sucesso, era paciente. Ocasionalmente, precisava voltar ao objeto diversas vezes até compreender seu verdadeiro envolvimento emocional com ele.

Quando atravessaram a divisa com Nevada, Shade acendeu um cigarro e baixou o vidro da janela. Bryan se agitou, resmungou e tateou em busca da bolsa.

— Bom dia.

Shade a olhou de relance com o canto dos olhos.

— Hum, hum.

Bryan mexeu na bolsa, pegou a barra de chocolate e ficou aliviada. Com dois golpes rápidos, desenrolou a embalagem e jogou o papel na bolsa. Normalmente, retirava o excesso de lixo da bolsa antes de transbordar.

— Você sempre come doce no café?

— Cafeína. — Deu uma enorme mordida e suspirou. — Prefiro a minha dose diária dessa forma. — Esticou-se lentamente, torso, ombros, braços, num longo e sinuoso movimento completamente ao acaso. Era, pensou Shade com ironia, uma prova definitiva de como ela o atraía. — Então, onde estamos?

— Nevada. — Ele deu uma baforada para fora da janela. — Ainda.

Bryan cruzou as pernas enquanto mastigava o chocolate.

— Deve estar na hora de eu dirigir.

— Eu aviso.

— Tudo bem. — Ela estaria contente por estar na carona enquanto ele estivesse contente por estar dirigindo. Contudo, olhou para o rádio de modo significativo. Música country não era o seu estilo. — O motorista escolhe a música.

Ele deu de ombros, aceitando.

— Se quiser beber alguma coisa com o chocolate, tem suco lá atrás.

— Tem?

Sempre interessada em colocar alguma coisa no estômago, Bryan se soltou e foi para a parte de trás da van.

Ela não prestara a atenção na van de manhã, no máximo fizera um exame rápido o suficiente para saber que era preta e bem-cuidada. Tinha assentos acolchoados de cada lado que poderiam servir muito bem de cama, se a pessoa não fosse muito exigente. Bryan imaginou que o carpete seria a melhor opção.

O equipamento de Shade estava bem-acomodado, e o dela, jogado de qualquer maneira num canto. Em cima, um guarda-volumes preto e brilhante continha alguns itens básicos. Café, uma chapa para esquentar e uma pequena chaleira. Seriam úteis, pensou ela, caso parassem em algum acampamento com tomadas disponíveis. No momento, ficou com a jarra de suco.

— Quer um pouco?

Ele olhou pelo retrovisor e a enxergou em pé, as pernas ligeiramente separadas para se manter equilibrada, uma das mãos no guarda-volume.

— Quero.

Bryan levou dois imensos copos de plástico e a jarra com suco para seu assento.

— Todo o conforto de casa — comentou ela, com um movimento de cabeça. — Você viaja muito nisso?

— Quando é necessário. — Ele ouviu o gelo bater no copo e estendeu a mão. — Não gosto de viajar de avião. Você perde qualquer oportunidade de registrar alguma foto no caminho. — Depois de jogar o cigarro pela janela, bebeu seu suco. — Se é um trabalho distante até oitocentos quilômetros, prefiro dirigir.

— Odeio viajar de avião. — Bryan se acomodou no vão entre o assento e a porta. —Tenho a impressão de estar sempre precisando voar para Nova York para fotografar alguém que não pode ou não quer vir até mim. Levo um vidrinho de antiácido, um pacote de chocolate, um pé de coelho e algum livro socialmente significativo e educativo. Dá conta de todas as minhas necessidades.

— O antiácido e o pé de coelho, talvez.

— O chocolate é para os meus nervos. Gosto de comer quando estou tensa. O livro é para minha consciência culpada. — Ela mexeu o copo, fazendo as pedras de gelo chacoalharem. — É como se eu dissesse "olhe só, estou fazendo algo edificante. Não vamos estragar tudo deixando o avião cair." E, ainda por cima, o livro me faz dormir em vinte minutos.

Shade conseguiu dar um risinho, algo que Bryan identificou como um sinal esperançoso para os próximos milhares de quilômetros que percorreriam.

— Isso explica tudo.

— Tenho fobia de viajar a trinta mil pés de altitude dentro de um pesado tubo de metal com pessoas estranhas, muitas das quais gostam de contar detalhes íntimos de suas vidas para a pessoa ao lado. — Ela colocou os pés no painel e deu um risinho. — Prefiro atravessar o país de carro com um fotógrafo mal-humorado que faz questão de falar comigo o mínimo possível.

Shade lançou a ela um olhar de soslaio e decidiu que não havia mal algum em participar do jogo, contanto que ambos soubessem as regras.

— Você não me perguntou nada.

— Tudo bem, vamos começar com algo bem básico. De onde vem Shade? Estou me referindo ao nome.

Ele diminuiu a velocidade para fazer uma parada.

— Shadrach.

Os olhos dela ficaram arregalados de apreciação.

— Tipo Meschach e Abednego, do Livro de Daniel?

— Exato. Minha mãe decidiu dar a cada um dos rebentos um nome um pouco enrolado. Eu tenho uma irmã que se chama Cassiopeia. Por que Bryan?

— Meu pais quiseram provar que não eram sexistas.

Assim que a van parou num estacionamento, Bryan desceu e se inclinou para baixo, colocando as palmas da mão sobre o asfalto, chamando a atenção do homem que entrava no Pontiac a seu lado. Desnorteado pela visão, ele levou meio minuto para acertar a chave na ignição.

— Meu Deus, estou tão dura! — Ela se esticou, ficando nas pontas dos pés, e, depois, voltando à posição normal. — Olhe, tem uma lanchonete ali. Vou comprar umas batatas fritas. Quer também?

— São 10h da manhã.

— Quase 10h30 — corrigiu ela. — Além do mais, tem gente que come batata assada no café da manhã. Qual é a diferença?

Ele tinha certeza de que havia uma, mas não estava a fim de debater.

— Vá em frente. Eu quero comprar um jornal.

— Legal. — Em seguida, Bryan se lembrou de pegar a câmera e entrou novamente no carro. — Encontro você aqui em dez minutos.

As intenções eram boas, mas ela levou quase vinte minutos. Mesmo quando já estava quase no balcão, a fila de pessoas à espera de *fast-food* chamou sua atenção. Seriam, talvez, dez pessoas, uma atrás da outra, em frente a um painel luminoso onde estava escrito Eat Qwik.

Estavam vestidos com bermudas largas, vestidos de verão vincados e calças de algodão. Um adolescente encurvado usava um short de couro que parecia ter sido pintado. Uma mulher bem atrás na fila usava um chapéu com abas largas adornado com uma fita flutuante.

Estavam todos indo para algum lugar, aonde todos esperavam chegar, e nenhum deles prestava nenhuma atenção em mais ninguém. Bryan não conseguiu resistir. Saiu de uma fila e foi para outra até achar o ângulo mais favorável.

Bateu as fotos de trás, de modo que fizesse com que a fila parecesse alongada e desarticulada e o painel se agigantasse. O homem atrás do balcão, servindo os clientes, não era nada mais do que uma vaga sombra que poderia ou não estar ali. Levou bem mais do que os dez minutos previstos até se colocar novamente atrás da fila.

Shade estava encostado na van, lendo o jornal, quando ela voltou. Já batera três fotos bastante estudadas do estacionamento, focalizando uma fileira de carros com placas de cinco estados diferentes. Quando levantou os olhos, Bryan tinha sua câmera pendurada no ombro, um imenso milk-shake de chocolate numa das mãos e uma gigantesca porção de batatas fritas coberta de ketchup na outra.

— Desculpe. — Enfiou a mão na caixa de fritas enquanto caminhava. — Tirei algumas boas fotos da fila na lanchonete. Toda aquela pressa e espera do meio do verão, não é?

— Você vai conseguir dirigir com tudo isso?

— Claro. — Foi na direção do assento do motorista. — Estou bem acostumada.

Ela equilibrou o milk-shake entre as coxas, colocou as batatas fritas bem à frente e estendeu a mão para pegar as chaves.

Shade baixou os olhos na direção do café da manhã aconchegado entre pernas bem lisas e morenas.

— Ainda está me oferecendo?

Bryan virou a cabeça para checar o retrovisor enquanto dava marcha à ré.

— Não. — Deu uma rápida virada no volante e foi em direção à saída. — Você teve sua chance. — Com uma das mãos firmes no volante, enfiou a outra novamente na caixa de batatas fritas.

— Comendo dessa maneira, você vai acabar tendo espinhas até o umbigo.

— Isso é mito — disse ela e ultrapassou um automóvel que ia lentamente. Com alguns rápidos ajustes, conseguiu sintonizar uma rádio que estava tocando uma antiga canção de Simon e Garfunkel. — Isso, sim, é música — disse ela. — Gosto de músicas que me dão um visual. Música country quase sempre fala de mágoa, traição e bebedeiras.

— E vida.

Bryan pegou o milk-shake e mexeu no canudo.

— Talvez. Acho que me canso com excesso de realidade. Já o seu trabalho depende disso.

— E o seu normalmente se desvia disso.

Ela franziu as sobrancelhas, mas, em seguida, relaxou deliberadamente. A seu modo, ele estava certo.

— O meu me dá opções. Por que aceitou esse trabalho, Shade? — perguntou de súbito. — O verão nos Estados Unidos significa diversão. Esse não é o seu estilo.

— Também significa suor, colheitas morrendo por causa do excesso de sol e nervos em frangalhos. — Ele acendeu um cigarro. — Isso faz mais o meu estilo?

— Você está dizendo, não eu. — Ela sentia o milk-shake no céu da boca. — Fumando desse jeito, você vai acabar morrendo.

— Cedo ou tarde.

Shade abriu novamente o jornal e deu por encerrada a conversa.

Quem era aquele cara?, perguntou Bryan a si mesma, mantendo a velocidade constante. Que fatos em sua vida haviam produzido o cinismo e também a genialidade? Havia humor nele, percebera isso uma ou duas vezes. Mas ele parecia se permitir apenas uma pequena porção, e nada mais.

Paixão? Ela podia atestar em primeira mão que havia um barril de pólvora dentro dele. O que o faria explodir? Se tinha uma certeza sobre Shade Colby, era que ele se autoimpunha um rígido controle. A paixão, a força, a fúria, não importava o rótulo que se desse, eram visíveis em seu trabalho, mas não, e ela estava certa disso, em sua vida pessoal. Pelo menos não frequentemente.

Ela sabia que devia ser cuidadosa e distante; seria a forma mais inteligente de sair daquele longo trabalho sem nenhuma cicatriz. Contudo, queria penetrar na personalidade dele, e sabia que teria de resistir à tentação. Teria de apertar os botões e observar o resultado, provavelmente porque não gostava dele ao mesmo tempo em que se sentia atraída.

Ela lhe contara a verdade quando dissera que não conseguia imaginar outra pessoa de quem não gostasse. Isso caminhava lado a lado com a visão que tinha de sua própria arte: ela olhava para uma pessoa e encontrava qualidades, nem todas admiráveis, nem todas simpáticas, mas alguma coisa, sempre alguma coisa, ela conseguia compreender. Precisava fazer a mesma coisa com Shade, para si mesma. E porque, embora esperasse o momento propício para lhe dizer isso, queria muito fotografá-lo.

— Shade, tem uma outra coisa que quero lhe perguntar.

Ele não tirou os olhos do jornal.

— Hein?

— Qual é o seu filme favorito?

Meio irritado pela interrupção, meio confuso com a pergunta, ele levantou os olhos e se perguntou mais uma vez como ficaria o cabelo dela sem aquela trança espessa e desarrumada.

— O quê?

— Seu filme favorito — repetiu ela. — Preciso de uma pista, um ponto de partida.

— Para quê?

— Para descobrir por que acho você interessante, atraente e impossível de se gostar.

— Você é uma mulher estranha, Bryan.

— Não, não mesmo, embora tenha todo o direito de ser. — Ela parou de falar no instante em que trocava de faixa na estrada. — Qual é, Shade? Vai ser uma longa viagem. Vamos ver se nos divertimos um ao outro nessas questões menores. Diga um filme.

— *Uma aventura na Martinica.*

— O primeiro filme de Bogart e Bacall juntos. — Isso a fez sorrir para ele daquele jeito que ele já concluíra que era perigoso. — Bom. Se você tivesse falado algum filme francês obscuro, eu ia precisar arranjar outra coisa. Por que esse filme?

Ele colocou o jornal de lado. Então, ela queria brincar? Não faria mal algum, decidiu. E ainda tinham um longo dia pela frente.

— Química cinematográfica, roteiro bem-amarrado e um trabalho de câmera que fez Bogart parecer o herói consumado e Bacall, a única mulher que lhe poderia fazer frente.

Ela assentiu com a cabeça, satisfeita. Ele não se colocava acima das pessoas que gostavam de heróis, fantasias e relacionamentos esfuziantes. Talvez fosse uma questão menor, mas ela poderia gostar dele por isso.

— Filmes me fascinam, e também as pessoas que os fazem. Creio que essa foi uma das razões que me levaram a dar pulos de alegria com a oportunidade de trabalhar em *Celebrity*. Já perdi a conta de quantos atores fotografei, mas, quando os vejo na telona, fico fascinada.

Ele sabia que seria perigoso fazer perguntas, não por causa das respostas, mas por causa das perguntas que seriam feitas depois. Mesmo assim, queria saber.

— É por isso que você fotografa as pessoas bonitas? Porque deseja ficar perto do glamour?

Como considerou aquela uma pergunta justa, Bryan resolveu não ficar irritada. Além disso, aquilo a fez pensar em algo que parecia estar surgindo ao acaso, sem qualquer planejamento.

— Talvez eu tenha começado mesmo com alguma coisa desse tipo na cabeça. Mas logo, logo, a gente passa a vê-los como pessoas comuns que têm um trabalho fora do comum. Gosto de encontrar aquela centelha que os transformou nos eleitos.

— Contudo, nos próximos três meses, você vai estar fotografando o cotidiano. Por quê?

— Porque existe uma centelha em todos nós. Também quero descobri-la numa fazenda de Iowa.

Então, ele conseguira sua resposta.

— Você é uma idealista, Bryan.

— Sou. — Ela lhe lançou um olhar franco e atento. — Eu deveria ficar envergonhada com isso?

Ele não gostou da maneira como aquela calma e ponderada pergunta o afetou. Ele próprio já tivera seus ideais no passado, e sabia o quanto doía eles lhe terem sido tão bruscamente arrancados.

— Envergonhada, não — disse ele, depois de um instante —, deveria ser cuidadosa.

Viajaram por horas. No meio da tarde, trocaram de posição, e Bryan deu uma olhada no jornal de Shade. Com consentimento mútuo, saíram da estrada principal e começaram a seguir pelas secundárias. O padrão passou a ser conversas esporádicas e longos silêncios. Já era início da noite quando atravessaram a divisa de Idaho.

— Esqui e batatas — comentou Bryan. — É isso que me vem à cabeça quando penso em Idaho.

Arrepiou-se de frio e fechou a janela. O verão chegava sem nenhuma pressa no norte, especialmente quando o sol baixava. Ela espiou o crepúsculo através da janela.

Ovelhas, centenas delas, no que pareciam quilômetros e quilômetros de brancura, pastavam preguiçosamente na grama dura que margeava a estrada. Ela era uma mulher da cidade, das autoestradas e dos prédios comerciais. Shade talvez se surpreendesse se soubesse que ela jamais estivera tão ao norte do país, e nem tão a leste, exceto de avião.

Aquela vastidão de plácidas ovelhas a fascinou. Já estava indo pegar a câmera quando Shade praguejou e pisou no freio. Bryan caiu no chão.

— Para que isso?

Ele viu, de relance, que ela não estava machucada, nem mesmo irritada, apenas curiosa. Nem se preocupou em pedir desculpas.

— Maldita ovelha na estrada.

Bryan conseguiu se pôr de pé e olhou pelo para-brisa. Três ovelhas estavam alinhadas, quase atravessadas na estrada, indiferentes a tudo. Uma delas virou a cabeça, olhou para a van e, em seguida, virou novamente a cabeça.

— Parece até que estão esperando o ônibus — disse ela e agarrou o braço de Shade antes que ele buzinasse. — Não, espere um minuto. Eu nunca toquei numa ovelha.

Antes que Shade pudesse fazer qualquer comentário, ela já estava fora da van, correndo em direção às ovelhas. Uma se afastou um pouco quando ela se aproximou, mas a maioria delas não poderia estar mais despreocupada. A irritação de Shade começou a desaparecer quando a viu se inclinar e tocar um dos animais. Ele pensou que todas as mulheres provavelmente teriam a mesma sensação ao tocar a pele de qualquer animal exposta para venda. Satisfação, hesitação e um estranho prazer sexual. E a luz estava boa. Ele pegou a câmera e selecionou um filtro.

— Qual é a sensação?

— Macia... não tão macia quanto eu imaginava. Viva. Nem um pouco parecida com a de um casaco de lã de carneiro. — Ainda inclinada, uma das mãos na ovelha, Bryan levantou o olhar. Ficou surpresa de se ver cara a cara com uma câmera. — Para que isso?

— Descoberta. — Ele já tirara duas fotos, mas queria mais.

— Descoberta tem muito a ver com verão. Qual é o cheiro delas?

Intrigada, Bryan se aproximou ainda mais da ovelha. Ele a enquadrou quando seu rosto estava enterrado no corpo do animal.

— Cheiro de ovelha — disse ela, rindo, e se empertigou. — Quer brincar com ela? Eu tiro umas fotos suas.

— Numa outra ocasião, talvez.

Ela parecia pertencer àquele lugar, àquela longa e deserta estrada cercada por faixas de terra vazia, e isso o deixou confuso. Ele imaginara que ela se encaixaria bem em Los Angeles, no meio do superficial e do ilusório.

— Algo errado?

Ela sabia que Shade estava pensando nela quando a olhava daquela maneira. Ela desejava poder dar um passo além daquele. Contudo, teve uma estranha sensação de alívio por não ter dado.

— Você se adapta bem.

Ela deu um sorriso hesitante.

— Assim é mais simples. Eu lhe disse que não gostava de complicações.

Ele voltou para a van, percebendo que estava pensando muito nela.

— Vamos ver se conseguimos fazer essa ovelha sair daí.

— Mas, Shade, você não pode simplesmente deixá-las ali do lado da estrada. — Ela correu de volta para a van. — Elas vão acabar voltando. E podem ser atropeladas.

Ele olhou para ela, demonstrando claramente que não estava se importando.

— O que espera que eu faça? Quer que eu junte todas elas?

— O mínimo que podemos fazer é colocá-las de volta no outro lado da cerca.

Como se ele houvesse concordado do fundo do coração, Bryan se virou e começou a seguir na direção das ovelhas. Enquanto ele observava, ela se abaixou, agarrou um dos animais e quase perdeu o equilíbrio. Os outros dois baliram e se dispersaram.

— Mais pesadas do que parecem — conseguiu dizer ela e começou a cambalear até a cerca que margeava a estrada, enquanto a ovelha que ela carregava balia, se debatia e lutava. Não foi fácil, mas, após um teste de vontade e força bruta, ela jogou a ovelha por cima da cerca. Com uma das mãos, enxugou o suor da testa enquanto reclamava com Shade: — E aí, vai ajudar ou não?

Ele estava adorando o espetáculo, mas não sorriu ao se recostar na van.

— Elas, provavelmente, vão encontrar o buraco na cerca e estar de volta em dez minutos.

— Talvez — disse Bryan quase rosnando, enquanto se preparava para pegar a segunda. — Mas pelo menos vou ter feito o que deveria ser feito.

— Idealista — repetiu ele.

Com as mão na cintura, deu meia-volta.

— Cínico.

— Contanto que nos entendamos. — Shade se empertigou. — Vou ajudá-la.

As outras não foram tão facilmente ludibriadas quanto a primeira. Shade levou vários extenuantes minutos para pegar a número dois, com Bryan pastoreando. Por duas vezes, perdeu a concentração e a presa, porque a súbita gargalhada de Bryan o distraiu.

— Duas já foram e só falta mais uma — anunciou ele, soltando a ovelha no pasto.

— Mas essa aí parece bem teimosa. — Em lados opostos da estrada, os salvadores e a vítima se estudavam mutuamente. — Olhar astuto — murmurou Bryan —, acho que aquele é o líder.

— A líder.

— Pouco importa. Olhe só, finja estar indiferente. Você vai por ali e eu sigo por aqui. Assim que ela estiver no meio, bum!

Shade lançou um olhar cauteloso a ela.

— Bum?

— Siga o meu comando, só isso.

Ela colocou os polegares nos bolsos traseiros da calça e começou a caminhar despretensiosamente até a estrada, assobiando.

— Bryan, você está tentando pensar mais do que uma ovelha.

Ela lhe lançou um olhar brando por cima dos ombros.

— De repente, podemos nos entender.

Ele não estava certo de que aquilo era uma piada. Seu impulso inicial foi de simplesmente voltar para a van e esperar até que ela tivesse terminado de se fazer de boba. Mas, pensou ele, já tinham perdido tempo demais. Shade avançou pela esquerda, e Bryan foi pela direita. A ovelha encarou ambos, balançando a cabeça para um lado e para o outro.

— Agora! — gritou Bryan e mergulhou.

Sem ter tempo de raciocinar sobre o absurdo da situação, Shade avançou pelo lado oposto. A ovelha escapou graciosamente. Movidos pelo impulso, Shade e Bryan colidiram e rolaram pelo chão. Shade sentiu uma corrente de ar assim que se chocaram, bem como a suave flexibilidade do corpo dela ao caírem juntos.

Sem ar, Bryan ficou estirada no chão, quase inteiramente por baixo de Shade. O corpo dele era bem rígido e masculino. Talvez ela tivesse perdido o fôlego, mas não perdera a perspicácia. Sabia que, se eles ficassem daquela maneira, as coisas se complicariam. Ela respirou fundo e mirou o rosto dele.

Shade tinha uma aparência contemplativa, reflexiva e não totalmente amigável. Ele não seria um amante amigável, isso ela soube instintivamente. Era visível em seus olhos, aqueles olhos escuros e profundos. Definitivamente, era um homem com quem se deveria evitar qualquer relacionamento pessoal. Ele dominaria tudo rápida e completamente, e não haveria volta. Precisou lembrar a si mesma que preferia relacionamentos fáceis no momento em que o coração começava a bater num ritmo mais forte.

— Perdemos — conseguiu dizer, mas não tentou se desvencilhar.

— É.

Bryan tinha um rosto impressionante, ângulos agudos e pele macia. Shade estava quase conseguindo convencer a si próprio de que seu interesse era puramente profissional. Ela ficaria ótima em qualquer foto, de qualquer ângulo e com qualquer iluminação. Ele poderia fazê-la parecer uma rainha ou uma camponesa, mas sempre teria a aparência de uma mulher que todos os homens desejariam. A sexualidade sem pressa que podia sentir nela ficariam visíveis na fotografia.

Apenas olhando para ela, já conseguia imaginar meia dúzia de cenários em que poderia fotografá-la. E uma dúzia de maneiras de fazer amor com ela. Ali seria a primeira, sobre a grama fresca ao longo da estrada, com o sol se pondo por trás deles e um silêncio absoluto.

Ela viu a decisão nos olhos dele, viu a tempo de evitar a consequência. Mas não evitou. Precisava somente se afastar, somente protestar com uma palavra ou com um movimento negativo. Mas não fez nada disso. Sua mente lhe dizia para se afastar, questionando um ímpeto que era fisicamente inquestionável. Mais tarde, Bryan ficaria imaginando por que não o atendera. Agora, com o ar ficando mais frio e o céu escurecendo, desejava a experiência. Não conseguia admitir que o desejava.

Quando ele baixou a boca na direção da dela, não se repetiu aquela leve experimentação da primeira vez. Agora, ela já a conhecia e queria o impacto total de sua paixão. As bocas se encontraram, sedentas, como se cada um dos dois estivesse levando o outro ao delírio.

O corpo de Bryan aqueceu tão rapidamente que a grama parecia brilhar como gelo abaixo dela. Ela imaginou se não estaria derretendo. Foi um choque que a deixou atordoada. Com um pequeno som na garganta, Bryan quis mais. Os dedos dele mexiam no cabelo dela, embaralhados na restrição da trança, como se ele não quisesse, ou não ousasse, tocá-la ainda. Ela se mexia debaixo dele, não se retirando, mas avançando. Queria mais. Mas ele continuava a fazer amor apenas com a boca.

Ela conseguia escutar a brisa; fazia um ruído na grama ao lado de seu ouvido, provocando-a. Ele se entregava com moderação. Ela podia sentir isso na rigidez do corpo dele. Shade iria se conter. Apesar de sua boca estar arrancando as defesas dela, uma a uma, ele se mantinha alheio. Frustrada, Bryan passou as mãos pelas costas dele. Ela o seduziria.

Shade não estava acostumado com a necessidade de se entregar, com o desejo de se entregar. Ela recuperava nele uma necessidade de união que pensava já ter destruído anos antes. Não parecia haver nenhum fingimento nela; sua boca era quente e ávida, saborosa e generosa. O corpo era macio e ágil, tentador. Seu aroma se impregnava nele, sexual, descomplicado. Quando pronunciou o nome dele, não pareceu haver nenhum significado oculto. Pela primeira vez em tanto tempo que nem conseguia se lembrar, ele queria se entregar, sem cautela, sem se reprimir.

Ele se conteve. Fingimentos, ele sabia, podiam ser bem escondidos. Mas estava perdendo para ela. Mesmo estando inteiramente ciente de tudo, Shade não conseguiu parar. Ela o conquistava com uma simplicidade que não admitia bloqueios. Ele poderia xingar, praguejar, amaldiçoar a si próprio, mas sua mente começava a flutuar. Seu corpo estava pulsando.

Ambos sentiram o chão tremer, mas não ocorreu a nenhum dos dois que aquilo não fosse nada além da paixão que vivenciavam. Ouviram o ruído, o estrondo, cada vez mais alto, e cada um pensou que aquilo se passava dentro de sua cabeça. Então, sentiram um vento forte, e o motorista do caminhão dando uma buzinada longa e grosseira. Foi o suficiente para levá-los de volta à sanidade. Sentindo-se realmente em pânico pela primeira vez, Bryan deu um salto e ficou de pé.

— É melhor darmos logo um jeito nessas ovelhas e irmos embora. — Praguejou ao ouvir a som da própria voz e abraçou a si própria num gesto de proteção. Havia uma friagem no ar, pensou ela, desesperada. Nada além disso. — Já está quase escuro.

Shade não havia percebido o quanto o crepúsculo havia se aprofundado. Perdera a noção de onde estava, algo que jamais deixava que acontecesse. Esquecera que estavam na beira da estrada, rolando na grama como um casal de adolescentes desmiolados. Sentiu uma pontada de raiva, mas se conteve. Quase perdera o controle uma vez. Não perderia agora.

Ela achou a ovelha no outro lado da estrada, pastando, certa de que os dois humanos já haviam perdido o interesse. Baliu em protesto, surpresa, enquanto era erguida. Praguejando baixinho, Shade se aproximou silenciosamente e tomou a ovelha dela antes que Bryan pudesse levar outro tombo. Jogou o animal no pasto sem a menor cerimônia.

— Satisfeita agora? — perguntou.

Ela podia ver a raiva dele, não importava o quanto ele a bloqueasse. Ela própria borbulhava de raiva. Também tivera sua parcela de frustração. Seu corpo pulsava, as pernas estavam bambas. O mau humor a ajudava a esquecê-los.

— Não — retrucou ela —, nem você. Acho que o que ocorreu deveria provar a nós dois que seria melhor mantermos uma boa e saudável distância.

Ele pegou o braço de Bryan enquanto ela tentava passar por ele.

— Não a forcei a fazer nada, Bryan.

— Nem eu forcei você — lembrou ela. — Sou responsável por minhas próprias ações, Shade — ela baixou o olhar na direção da mão que a segurava —, e por meus próprios erros. Se gosta de colocar a culpa nos outros, isso é um direito seu.

Os dedos apertaram mais ainda seu braço, por pouco tempo, mas o suficiente para os olhos dela se abrirem, espantados com a força e a profundidade da raiva de Shade. Não, ela não estava acostumada com bruscas mudanças de humor em si mesma e tampouco em causá-las nos outros.

Lentamente, e com óbvio esforço, Shade aliviou a pegada. Ela acertara bem no alvo. Ele não conseguia argumentar contra a honestidade.

— Não — disse ele, bem mais calmo. — Vou assumir minha parcela de culpa, Bryan. Vai ser mais fácil para nós dois se concordarmos com essa boa e saudável distância

Ela assentiu com a cabeça, já mais firme do que antes. Seus lábios se franziram num leve sorriso.

— Tudo bem. — Amenize o clima, propôs ela a si mesma, para o bem de todos. — Tudo teria sido bem mais fácil se você fosse gordo e feio.

Ele já dera um risinho antes que pudesse perceber.

— Você, também.

— Bem, já que acho que nenhum de nós está disposto a fazer alguma coisa com relação a esse problema específico, vamos ter de lidar com ele. De acordo? — Ela estendeu a mão.

— De acordo.

As mãos se juntaram. Um erro. Nenhum dos dois havia se recuperado da pane em seus respectivos circuitos. O contato, embora casual, apenas serviu para acentuá-la. Bryan juntou as mãos atrás das costas. Shade as enfiou nos bolsos.

— Bem... — começou Bryan, sem saber para onde ir.

— Vamos tentar encontrar um restaurante antes de chegarmos ao acampamento. Amanhã, o dia vai começar cedo.

Ela fez uma careta para a frase, mas encaminhou-se para seu lado da van.

— Estou morrendo de fome — anunciou ela e fingiu que estava tudo sob controle ao colocar os pés sobre o painel. — Acha que vamos encontrar logo alguma coisa decente para comer ou devo me fortificar com uma barra de chocolate?

— Tem uma cidade a mais ou menos uns quinze quilômetros daqui. — Shade ligou o motor. Sua mão estava firme, disse para si mesmo. Ou quase. — Talvez haja algum restaurante. Talvez até sirvam uma excelente costeleta de carneiro.

Bryan olhou para a ovelha pastando ao seu lado e, então, olhou de soslaio para Shade.

— Isso é repugnante.

— É. E vai ajudar a manter a sua cabeça longe do estômago até comermos.

Voltaram para a estrada e seguiram em silêncio. Já haviam passado por uma pequena elevação, mas ambos sabiam que ainda apareceriam montanhas a superar. Montanhas íngremes.

Capítulo 4

Bryan registrou uma enxurrada de turistas no Grande Lago Salgado. Quando a foto se tornou obrigatória, ela usou lentes grande-angulares para pegar alguma parte diferente da paisagem. Mas Bryan se concentrou principalmente nas pessoas.

Nas planícies salinas a oeste, Shade fotografou entusiastas de corridas de automóvel. Mirava a velocidade, a poeira, a areia. Quase sempre, as pessoas incluídas nas fotos eram anônimas e apareciam fora de foco, obscurecidas. Ele só queria a essência. Viagens para cidades grandes e subúrbios bem-arrumados gastavam rolos e mais rolos de filme. Encontravam jardins de verão, engarrafamentos quentes e suarentos, jovens em minúsculos vestidos, homens sem camisa e carrinhos de bebê sendo empurrados pelas calçadas e nos shopping centers.

O percurso entre Idaho e Utah foi sinuoso, mas firme. Nenhum dos dois se aborreceu com o ritmo e com os temas. Durante algum tempo, depois do turbulento desvio na estradinha de Idaho, Bryan e Shade trabalharam lado a lado em relativa harmonia. Concentraram-se em seus objetos de trabalho, mas não fizeram quase nada em equipe.

Já haviam tirado centenas de fotos, das quais apenas uma fração seria ampliada e uma fração menor ainda seria publicada. Bryan chegou a pensar que a quantidade de fotos que haviam tirado superava em muito o número de palavras que haviam dito um para o outro.

Viajavam juntos até oito horas por dia, parando no caminho sempre que era necessário ou desejável trabalhar. E trabalhavam tanto quanto viajavam. De cada 24 horas, ficavam juntos, em média, 20. Mas não se aproximavam. Era algo que qualquer um dos dois teria conseguido com um simples gesto amigável ou algumas poucas palavras. Era algo que ambos evitavam.

Bryan descobriu ser possível manter uma distância emocional quase obsessiva de alguém ao mesmo tempo em que dividia o mesmo espaço limitado com esta pessoa. Descobriu também que um espaço limitado tornava muito difícil ignorar aquilo que Shade uma vez denominara química. Para equilibrar os dois, Bryan mantinha suas conversas leves e curtas, e quase exclusivamente centradas no projeto. Não fazia mais nenhuma pergunta. Shade, por sua vez, não liberava mais nenhuma informação.

Quando cruzaram a fronteira para entrar no Arizona, ao final da primeira semana, ela já estava considerando aquela uma forma desconfortável de trabalhar.

Estava quente. O sol estava implacável. O ar-condicionado da van ajudava, mas, só de olhar para o interminável deserto e para as plantas escasseando, já se ficava com boca seca. Bryan estava bebendo um refrigerante cheio de gelo num enorme copo de plástico. Shade bebia chá gelado enquanto dirigia.

Ela estimou que não trocavam uma palavra havia mais ou menos noventa quilômetros. Tampouco haviam conversado muito naquela manhã enquanto se preparavam para fotografar, cada um num território separado, em Glen Canyon, Utah. Bryan talvez estivesse feliz com o estudo que fizera dos carros enfileirados na entrada do parque, mas estava cada vez mais chateada com a segregação que haviam estabelecido sem sequer terem conversado a respeito.

A revista os contratara como uma equipe, lembrou a si mesma. Cada um tiraria fotos individuais, claro, mas deveria haver algum tipo de comunicação se quisessem que o ensaio tivesse alguma coesão. Teria de haver algum tipo de interação se realmente pretendessem o sucesso da empreitada. Conciliação, lembrou ela, com um suspiro. Eles haviam esquecido a palavra operacional.

Bryan imaginava que, àquela altura, já conhecia Shade o suficiente para ter certeza de que ele jamais daria o primeiro passo. Ele era perfeitamente capaz de dirigir por milhares de quilômetros sem dizer o nome dela mais do que uma vez por dia. Como passe o sal, Bryan.

Ela podia ser teimosa. Bryan pensou nisso ao olhar pela janela e meditar com a visão da vastidão do Arizona. Podia ser tão distante quanto ele. E, admitiu com uma careta, podia se entediar até a morte nas próximas 24 horas.

Contato, decidiu ela. Simplesmente não podia sobreviver sem algum tipo de contato. Mesmo se tivesse de ser com um homem cínico, severo e grosseiro. Sua única escolha era engolir o orgulho e dar o primeiro passo ela mesma. Cerrou os dentes, triturou alguns pedaços de gelo e pensou no assunto por mais dez minutos.

— Já esteve no Arizona alguma vez?

Shade jogou sua garrafa vazia na lata de plástico que utilizavam como lixeira.

— Não.

Bryan colocou um dos pés em cima do outro. Se não tivesse sucesso na primeira tentativa..., pensou ela.

— Filmaram *Outcast* em Sedona. Esse sim foi um bangue-bangue bem duro, bem masculino — meditou ela, sem obter resposta. — Passei três dias lá, cobrindo a filmagem para *Celebrity*. — Após ajustar o visor solar, ela se sentou novamente. — Tive muita sorte de perder o avião e precisar passar outro dia lá. Fui para Oak Creek Canyon. Jamais esquecerei o lugar... as cores, as formações rochosas.

Foi sua fala mais longa em dias. Shade fez uma curva e esperou o resto da história.

Tudo bem, pensou ela, arrancaria mais de uma palavra dele usando um poderoso trunfo.

— Uma amiga minha se estabeleceu lá. Lee trabalhava na *Celebrity*. Agora, ela é escritora e vai lançar seu primeiro livro no outono. Casou-se com Hunter Brown ano passado.

— O escritor?

Duas palavras, pensou ela, presunçosa.

— Ele mesmo. Já leu alguma coisa dele?

Dessa vez, Shade apenas assentiu com a cabeça e pegou um cigarro. Bryan começou a se solidarizar com dentistas que tinham de persuadir pacientes a abrir bem a boca.

— Li tudo que ele escreveu, e fico me odiando por permitir que os livros dele me façam ter pesadelos.

— Bons livros de terror devem obrigar você a acordar no meio da madrugada para se certificar de que trancou as portas de casa.

Dessa vez, foi ela quem deu um risinho.

— Isso parece com as coisas que Hunter diz. Você vai gostar dele.

Shade apenas deu de ombros. Ele concordara em parar em Sedona, mas não estava interessado em tirar fotos comerciais e aduladoras do rei do mistério e de sua família. Entretanto, isso daria a Shade a pausa de que necessitava. Se conseguisse deixar Bryan por um ou dois dias com os amigos dela, ele poderia ter tempo para fazer seu sistema voltar ao normal.

Ainda não tivera um dia sequer de tranquilidade desde que haviam saído de Los Angeles. Cada dia que passava apenas o deixava mais nervoso e devastava sua libido. Ele havia tentado, mas era impossível esquecer que ela estava ali à noite, ao alcance de seu braço, separada dele apenas pela largura da van e pela escuridão.

Sim, um dia sem ela seria útil para ele, sem aquela sexualidade natural e despreocupada que ela sequer parecia estar ciente de que possuía.

— Faz tempo que você não os encontra? — perguntou ele.

— Meses. — Bryan relaxou, mais tranquila agora que eles realmente haviam começado um diálogo. — Lee é uma grande amiga. Sinto muita falta dela. Vai ter um bebê mais ou menos na mesma época em que seu livro sair.

A mudança na voz dela o fez dar uma olhada. Podia perceber algo mais suave nela agora. Quase melancólico.

— Um ano atrás, nós duas ainda estávamos na *Celebrity*, e agora... — Ela se virou para ele, mas os óculos escuros escondiam os olhos. — É estranho imaginar Lee com uma vida estável e uma família. Ela sempre foi mais ambiciosa do que eu. Costumava ficar enlouquecida por eu levar tudo na maior tranquilidade.

— Você leva?

— Simplesmente tudo — murmurou ela. Não você, disse para si mesma. Não parece que eu esteja conseguindo levá-lo com tranquilidade. — É mais fácil relaxar e viver — continuou ela — do que se preocupar com como vai viver o próximo mês.

— Algumas pessoas têm de se preocupar se vão estar ou não vivas no próximo mês.

— Você acha que o fato de elas se preocuparem com isso muda alguma coisa?

Bryan esqueceu seu plano de fazer contato, esqueceu o fato de que estava tentando em vão algum tipo de conciliação com ele. Ele conhecia mais o mundo e a vida do que ela. Tinha de admitir que ele vira mais do que ela gostaria de ver. Mas o que ele sentia a respeito?

— Ter noção das coisas pode proporcionar mudanças. Cuidar de si mesmo é uma prioridade que alguns de nós não pode ter.

Alguns de nós. Ela reparou na expressão, mas decidiu não dar importância. Se ele tinha cicatrizes, era direito seu mantê-las cobertas até que estivessem um pouco mais brandas.

— Todo mundo se preocupa de tempos em tempos — colocou ela. — O problema é que simplesmente não sou muito boa nisso. Acho que herdei isso dos meus pais. Eles são... — Ela fez uma pausa e riu. Shade se deu conta de que não a ouvira dando uma risada havia dias. — Acho que eles são o que as pessoas chamam de excêntricos. Nós morávamos numa casinha em Carmel que sempre se encontrava em diferentes estágios de construção e reparo. Meu pai aparecia com uma ideia de retirar uma parede ou colocar uma janela, e aí, no meio do projeto, tinha uma inspiração, voltava para as telas dele e deixava a bagunça toda do jeito que estava.

Ela se recostou, não mais ciente de que só ela falava, ao passo que Shade só escutava.

— Minha mãe gostava de cozinhar. O problema era que ninguém nunca sabia qual seu estado de espírito. Um dia, podíamos comer cascavel grelhada e, no outro, um cheeseburger. Aí, de repente, quando menos se esperava, saía um ensopado de pescoço de ganso.

— Ensopado de pescoço de ganso?

— Eu sempre comia na casa dos vizinhos. — A lembrança abriu o apetite dela. Bryan pegou duas barras de chocolate e ofereceu uma a Shade. — E os seus pais?

Ele abriu o chocolate, distraído, enquanto diminuía a velocidade por causa do carro de polícia na faixa ao lado.

— Foram morar na Flórida. Meu pai pesca, e minha mãe cuida de uma loja de artesanato. Não são tão extravagantes quanto os seus, sinto informar.

— Extravagantes. — Ela pensou na definição e aprovou. — Nunca soube que eles eram diferentes até entrar na faculdade e perceber que os pais da maioria do pessoal eram adultos e sensatos. Acho que nunca percebi quanto eu tinha sido influenciada por eles até Rob me apontar coisas do tipo: a maioria das pessoas prefere jantar às 6h da noite em vez de ficar enganando o estômago com pipoca e manteiga de amendoim às 10h.

— Rob?

Ela olhou rapidamente para ele e, depois, à frente. Shade ouvia muito bem, concluiu ela. Fazia com que dissesse facilmente muito mais do que pretendia.

— Meu ex-marido.

Ela sabia que já devia ter deixado de ver o "ex" como um estigma; atualmente, era quase um símbolo de status. Para Bryan, era o símbolo que provava que ela não fizera o necessário para manter o que prometera.

— Ainda magoada?

Ele perguntou antes que pudesse impedir a si mesmo. Ela o fazia ficar disposto a oferecer consolo quando ele havia se disciplinado a não se envolver na vida de ninguém, com os problemas de ninguém.

— Não, já faz alguns anos. — Depois de dar de ombros, ela comeu um pedaço do chocolate. Mágoa?, pensou ela novamente. Não, mágoa, não, mas talvez ela sempre mantivesse um certo afeto. — Apenas triste por não ter dado certo, acho.

— Arrependimentos são mais perda de tempo do que preocupação.

— Talvez. Você já foi casado também.

— Fui.

O tom era de rejeição. Bryan lançou um olhar longo e firme para ele.

— Território sagrado?

— Não me interessa reencenar o passado.

Aquela ferida estava cicatrizada, pensou ela. Imaginou se aquilo realmente o perturbara muito ou se já tinha realmente guardado na memória. Em ambos os casos, não era problema dela, e nem era essa a maneira de manter a bola rolando entre eles.

— Quando decidiu virar fotógrafo?

Aquele era um assunto seguro, refletiu ela. Não haveria afetos envolvidos.

— Quando eu tinha 5 anos, coloquei as mãos na 35mm que meu pai acabara de comprar. Quando ele revelou o filme, descobriu três *closes* do cachorro da família. Disseram que ele não sabia se me dava os parabéns ou se me botava de castigo quando percebeu que as fotos haviam ficado melhores do que as dele.

Bryan deu um risinho.

— O que ele fez?

— Comprou uma câmera para mim.

— Você começou bem antes de mim — comentou ela. — Eu não tinha o menor interesse por câmeras até o colégio. A coisa meio que surgiu na minha frente. Até então, eu queria ser uma estrela.

— Uma atriz?

— Não. — Deu outro risinho. — Uma estrela. Qualquer tipo de estrela, contanto que eu tivesse um Rolls-Royce, um vestido de lamê dourado e um diamante enorme e vulgar.

Ele foi obrigado a rir. Ela parecia ter o talento para lhe arrancar risadas.

— Uma criança modesta.

— Não, materialista. — Ela lhe ofereceu sua bebida, mas ele balançou a cabeça. — Essa fase coincidiu com o período "retorno à terra" dos meus pais. Acho que foi a forma que arranjei para me rebelar contra as pessoas mais impossíveis do mundo. Não dava para me rebelar contra meus pais.

Ele baixou os olhos para as mãos sem anéis e para a calça jeans dela.

— Acho que você superou isso.

— Não nasci para virar estrela. De qualquer maneira, precisavam de alguém para tirar fotos do time de futebol americano. — Bryan terminou de comer o chocolate e se perguntou quando parariam para o almoço. — Eu me dispus a fazer as fotos porque era louca por um dos jogadores. — Ela terminou de beber o refrigerante e colocou o copo junto da garrafa de Shade. — Depois do primeiro dia, me apaixonei pela câmera e esqueci completamente do zagueiro.

— Ele saiu perdendo.

Bryan levantou os olhos, surpresa com o comentário brusco.

— Muita gentileza sua, Colby. Não imaginava que você pudesse fazer esse tipo de comentário.

Ele não conseguiu evitar o sorriso.

— Não se acostume.

— Deus me livre. — Mas ela estava bem mais satisfeita do que poderiam garantir as singelas palavras dele. — De qualquer maneira, meus pais ficaram maravilhados quando me tornei uma fotógrafa obcecada. Eles tinham um medo atroz de eu não ter nenhum impulso criativo e acabar me tornando uma mulher de negócios em vez de artista.

— Mas, agora, você é as duas coisas.

Ela pensou naquilo por um instante. Estranho como era fácil se esquecer de um aspecto de seu trabalho se concentrando tão intensamente em outro.

— Acho que você tem razão. Só não conte isso aos meus pais, certo?

— Eles não ouvirão de mim.

Ambos viram ao mesmo tempo a placa indicando uma construção. Conscientemente ou não, os pensamentos dos dois seguiram a mesma direção. Bryan já estava pegando a câmera quando Shade diminuiu a velocidade e saiu da estrada. À frente deles, a equipe de homens trabalhando consertava, aplanava e suava sob o sol do Arizona.

Shade deu alguns passos para acertar o ângulo que mostraria a equipe e as máquinas lutando contra a erosão da estrada. Uma batalha que sempre seria travada nas estradas do país a cada verão enquanto existissem estradas. Bryan focalizou um homem.

Ele era careca e tinha uma tira de pano amarelo amarrada na testa para proteger o topo da cabeça. Seu rosto e pescoço estavam vermelhos e suados, a barriga caía por cima das calças de trabalhador. Estava usando uma camiseta branca básica e imaculada em contraste com as dos outros trabalhadores, coloridas e cheias de frases e desenhos.

Para chegar mais perto, ela precisou conversar com ele e lidar com os comentários e risadinhas dos outros homens. Fez isso com tanta segurança e charme que teria levado um especialista em relações públicas a bater palmas. Bryan acreditava firmemente que o relacionamento entre fotógrafo e fotografado deveria aparecer no resultado final. Então, na visão dela, primeiro, era necessário desenvolver a relação.

Shade mantinha distância. Ele enxergava os homens como uma equipe, a equipe anônima e queimada de sol que trabalhava pelas estradas do país, e fazia isso havia décadas. Não queria nenhuma relação com eles, nada que pudesse colorir a maneira com a qual os estava vendo, de pé, inclinados, cavando.

Ele tirou uma vigorosa foto da sujeira, da poeira e do suor. Bryan descobriu que o nome do capataz era Al e que ele trabalhava na manutenção das estradas havia 22 anos.

Ela levou algum tempo até conseguir ultrapassar a inibição do homem, mas assim que ele começou a falar de como o maldito inverno acabara com a estrada, a conversa deslanchou. O suor escorria por sua testa. Quando ele levantou o braço robusto para enxugá-la, Bryan tirou a foto.

O desvio impulsivo levou trinta minutos. Quando voltaram à van, já estavam suando tanto quanto os trabalhadores.

— Você sempre tem esse tipo de intimidade com estranhos? — perguntou Shade enquanto ligava o motor e o ar-condicionado.

— Quando quero tirar uma foto deles, com certeza. — Bryan abriu o refrigerador e pegou uma das latas geladas que guardara e outra garrafa de chá gelado para Shade. — Você conseguiu o que queria?

— Consegui.

Ele a observara trabalhando. Normalmente, ficavam separados, mas, desta vez, ficara suficientemente perto para ver como ela se virava. Bryan demonstrara mais respeito e bom humor com o trabalhador do que muitos fotógrafos com suas modelos de cem dólares a hora. E não o fizera apenas pela foto, embora Shade não pudesse afirmar com certeza se ela percebia isso. Ela estava interessada no homem; quem ele era, o que ele era e por quê.

Uma vez, muito tempo atrás, Shade tivera este tipo de curiosidade. Agora, combatia isso. O conhecimento acabava por envolvê-lo. Mas não era fácil, ele estava descobrindo, combater sua curiosidade a respeito de Bryan. Ela já lhe dissera muito mais do que ele teria perguntado. Não mais do que gostaria de saber; porém, mais do que ele teria perguntado. Ainda não era suficiente.

Por quase uma semana, ele se mantivera afastado dela, tão afastado quanto possível, em função das circunstâncias. Não parara de desejá-la. Podia não gostar de reencenar o passado, mas não era possível esquecer aquele último encontro de dar água na boca, à beira da estrada.

Ele se fechara, mas ela o estava abrindo novamente. Ele se perguntava se não era tolice tentar lutar contra isso e contra a atração que sentiam um pelo outro. Talvez fosse melhor, mais simples, mais lógico, simplesmente deixar as coisas progredirem para a única conclusão possível.

Dormiriam juntos, extravasariam a paixão e, depois, voltariam ao projeto.

Frio? Calculista? Talvez, mas ele não faria nada além do roteiro já previamente estabelecido. Sabia que era importante manter as emoções distantes e a mente sintonizada.

Ele já deixara a emoção embaralhar sua lógica e sua clareza antes. No Camboja, um belo rosto e um sorriso generoso o haviam deixado cego para, em seguida, traí-lo. Os dedos de Shade apertaram firmemente o volante sem que ele percebesse. Ele aprendera uma lição sobre honestidade naquela ocasião: era apenas o outro lado da traição.

— Onde você esteve? — perguntou Bryan calmamente. Ela vira alguma coisa no olhar dele que não conseguira entender, e estava certa de que não queria entender.

Ele virou a cabeça. Por um instante, ela foi pega no meio de um turbilhão, no espaço escuro que ele lembrava muito bem e do qual ela não sabia nada a respeito. Então, tudo se acabou. Os olhos dele voltaram a ser remotos e calmos. Os dedos relaxaram no volante.

— Vamos fazer uma parada em Page — disse ele. — Tirar algumas fotos dos barcos e dos turistas em Lake Powell antes de irmos para o cânion.

— Tudo bem.

Ele não estava pensando nela. Bryan podia se consolar com isso. Ela desejava que o olhar que vira nele jamais se aplicasse a ela.

Mesmo assim, estava determinada a descobrir o motivo, cedo ou tarde.

Ela podia ter feito algumas boas fotos técnicas da represa. Mas, ao passarem pela cidadezinha de Page, indo para o lago, Bryan avistou os enormes arcos dourados brilhando por trás das ondas de calor. Foi obrigada a dar um sorriso.

Cheeseburgers e batatas fritas não eram somente diversão de verão. Haviam se tornado um estilo de vida. Comida para todas as estações. Mas ela não pôde resistir à visão do edifício familiar bem abaixo da cidade, quase isolado, como uma miragem no meio do deserto.

Baixou a janela e esperou o melhor ângulo.

— Estou precisando comer — disse ela, enquadrando o edifício. — Estou mesmo. — Bateu a foto.

Resignado, Shade entrou no estacionamento.

— Veja se não demora — ordenou ele, enquanto Bryan começava a sair. Quero chegar logo na marina.

Ela pegou a bolsa e desapareceu dentro da lanchonete. Antes de Shade ter qualquer chance de ficar impaciente, ela retornou com dois sacos brancos.

— Barato, rápido e maravilhoso — disse ela para ele enquanto deslizava de volta para o assento do carro. — Nem sei como poderia passar pela vida se não tivesse como conseguir um cheeseburger na hora em que quisesse.

Pegou um dos sanduíches embrulhados e deu para ele.

— Tem mais sal aqui — disse ela, saboreando as primeiras batatas fritas. — Hum... estou morrendo de fome.

— Não estaria se comesse qualquer outra coisa além de uma barra de chocolate no café da manhã.

— Prefiro estar acordada quando como — resmungou ela, desembrulhando seu sanduíche.

Shade desembrulhou o dele. Ele não lhe pedira que trouxesse coisa alguma. Já percebera que era típico dela aquele tipo de consideração descuidada. Talvez a melhor palavra fosse *natural*, em vez de descuidada. Mas não era típico dele ficar emocionado com a simples oferta de um pedaço de carne dentro de um pãozinho. Alcançou a bolsa e pegou um guardanapo.

— Você vai precisar disso.

Bryan deu um sorrisinho, pegou o pedaço de papel, dobrou as pernas e começou a comer. Shade, bem-humorado, dirigiu despreocupadamente até a marina.

Alugaram um barco, que Bryan chamou de barquinho a vapor. Era estreito, aberto e mais ou menos do tamanho de uma canoa. Mas os levaria, juntamente com todo o equipamento que escolhessem, para o lago.

Ela gostou da pequena marina com seis quiosques de comida e lojas anunciando bronzeadores e roupas de banho. Era o auge da temporada; as pessoas andavam de um lado para o outro vestidas com shorts e capas de chuva, chapéus e óculos escuros. Ela avistou um casal adolescente, bastante bronzeado, sentado num banco e tomando um sorvete de casquinha que não parava de pingar. Como estavam tão absortos em si mesmos, Bryan foi capaz de tirar algumas fotos espontâneas antes de eles perceberem.

Sorvete e bronzeadores. Era uma forma simples e divertida de olhar para o verão. Satisfeita, ela segurou firmemente a câmera e foi ao encontro de Shade.

— Você sabe guiar um barco?

Ele deu um leve sorriso enquanto caminhavam pela doca.

— Eu dou um jeito.

Uma mulher vestindo uma camiseta branca bem-passada e um short fez um resumo para eles, apontando os salva-vidas e explicando o motor antes de lhes dar um chamativo mapa do lago. Bryan se sentou na proa e se preparou para se divertir.

— O mais legal de tudo — falou ela, por cima do motor — é que ele é totalmente imprevisível.

Ela sacudiu um dos braços para indicar a vastidão azul.

Formações rochosas avermelhadas e íngremes paredões escarpados se elevavam sobre o lago, placidamente situado onde o homem o colocara. A combinação a fascinava. Em outra época, talvez ela fizesse um estudo sobre harmonia e poder que poderia ter resultado num relacionamento de trabalho entre a imaginação humana e a natureza.

Não era necessário saber todos os detalhes técnicos da represa, da mão de obra que a construíra. Era suficiente que ela estivesse lá, que eles estivessem lá, atravessando um lago que, antes, fora um deserto, borrifando água no que antes não passava de areia.

Shade avistou um barco turístico e rumou em sua direção. Por enquanto, ele ficaria com a navegação e deixaria o trabalho fotográfico por conta de Bryan. Fazia muito tempo desde a última vez em que passara uma tarde quente num barco. Seus músculos começaram a relaxar, apesar de sua percepção permanecer aguçada.

Antes de terminar o passeio, teria de fazer algumas fotos das montanhas. A textura delas era incrível, mesmo no reflexo da água. A coloração, contrastada com o azul da água, as tornava surreais. Faria uma impressão bem-definida e nítida, para acentuar a incompatibilidade. Aproximou-se um pouco mais do barco turístico, programando a foto para depois.

Bryan pegou sua câmera sem nenhum plano definido na mente. Esperava encontrar várias pessoas, talvez besuntadas de bronzeador sob o sol. Talvez crianças, atordoadas com o vento e a água. Enquanto Shade manobrava, ela olhou na direção da popa e ergueu rapidamente a câmera. Era bom demais para ser verdade.

Em cima da popa do barco de cruzeiro, havia um sabujo; Bryan não conseguiu melhor definição para o desajeitado cachorro. Suas grandes orelhas estavam viradas para trás e a língua estava balançando enquanto ele mirava a água. Por sobre sua pelagem amarronzada, havia um salva-vidas laranja.

— Dê outra volta — berrou ela para Shade.

Esperou pacientemente o ângulo reaparecer à sua frente. Havia pessoas no barco, pelo menos cinco, mas não lhe interessavam mais. Apenas o cachorro, pensou ela, mordendo o lábio e esperando. Não queria nada além do cachorro usando um salva-vidas e mirando a água.

Enormes formações rochosas eram visíveis atrás do barco. Bryan precisou decidir com rapidez se as enquadrava ou não. Se tivesse mais tempo para pensar... Optou por deixar a dramaticidade natural para trás e se fixar na diversão. Shade deu três voltas em torno do pequeno barco de cruzeiro até que ela ficasse satisfeita.

— Maravilhoso! — Com uma gargalhada, Bryan baixou a câmera. — Só essa foto já vai ter valido toda a viagem.

Shade deu uma guinada para a direita.

— Por que não damos uma olhada no que mais pode ser de interesse?

Trabalharam por duas horas, trocando de posição na metade. Sem camisa para poder aguentar o calor, Shade se ajoelhou na proa e focalizou outro barco turístico. O paredão rochoso avultava por trás, a água tremeluzia em tranquilos tons de azul. Ao longo da amurada, as pessoas não eram mais do que uma mancha colorida. Era isso o que ele queria. A despersonalização dos roteiros turísticos e a força que levava as massas para esse tipo de passeio.

Enquanto Shade trabalhava, Bryan mantinha a velocidade baixa e olhava para tudo. Ela havia decidido, após uma olhadela para o tórax enxuto e bronzeado dele, que seria mais prudente para ela se concentrar na paisagem. Se não tivesse feito isso, teria perdido a enseada e a ilha rochosa que a circundava.

— Olhe! — Sem hesitar, ela conduziu o barco naquela direção e desligou o motor. — Vamos dar um mergulho. — Antes que ele pudesse fazer qualquer comentário, ela já se jogara na água, que batia em seus tornozelos, e prendia as cordas nas pedras.

Vestida com confortáveis top e short , Bryan correu na direção da enseada e submergiu. Quando voltou à tona, rindo, Shade estava de pé na ilha.

— Fabuloso! — disse ela. — Vamos, Shade! Não tivemos nem uma hora para nos divertirmos desde que começamos essa viagem.

Ela estava certa. Ele se certificara disso. Não que ele não tivesse tido necessidade de relaxar, mas pensou que seria melhor não fazê-lo perto dela. Sabia, mesmo agora que a via batendo levemente as pernas sobre a água sombreada pela rocha, que era um erro. Contudo, dissera para si mesmo que era lógico parar de combater o que aconteceria entre eles. Seguiu a lógica e caminhou na direção da água.

— É como abrir um presente — disse ela, ficando de costas e boiando um pouco. — Eu não fazia a menor ideia de que estava assando lentamente até chegar aqui. — Com um suspiro, ela mergulhou e voltou à tona, respingando água do rosto todo. — Quando eu era criança, tinha uma fonte a alguns quilômetros de casa. Praticamente vivia lá nos verões.

A água estava sedutora, uma sedução quase dolorosa. Ao se abaixar para mergulhar, Shade sentiu o calor se extinguir, mas não a tensão. Cedo ou tarde, ele sabia, teria de achar um escape para ela.

— O trabalho aqui foi bem melhor do que o que eu esperava. — Ela deixava a água passar por seus dedos preguiçosamente. — Só consigo pensar em chegar a Sedona e fazer as revelações. — Ela jogou a trança molhada para trás. — E dormir numa cama de verdade.

— Você não parece ter problema para dormir.

Uma das primeiras coisas em que reparara fora a capacidade que Bryan tinha de dormir em qualquer lugar, a qualquer hora, e segundos depois de fechar os olhos.

— Ah, o problema não é dormir, é acordar.

E acordar a apenas alguns centímetros dele, dia após dia, vendo o rosto dele ficando com aquela sombra escura da barba que crescia durante a noite, perigosamente atraente, vendo os músculos dele se enrugar quando ele se esticava. Não, ela não podia negar que as acomodações, ocasionalmente, lhe davam algumas pontadas de desejo.

— Você sabe — começou ela casualmente —, o orçamento dava para arrumarmos um ou outro quarto de hotel de beira de estrada de vez em quando, nada assim exorbitante. Um colchão de verdade e um chuveiro particular, sabe como é. Alguns desses acampamentos pelos quais passarmos enchem a boca para falar que têm água quente.

Ele teve de rir. Não sentira muito prazer em se conformar com água morna depois de um longo dia na estrada. Mas não havia motivo para facilitar as coisas para ela.

— Não consegue levar uma vida dura, Bryan?

Ela boiou novamente, dessa vez, espirrando água nele de propósito.

— Não, não tenho problema nenhum em levar uma vida dura — disse ela suavemente —, só que gosto de fazer isso quando tenho vontade. E não tenho a menor vergonha de dizer que preferia passar um fim de semana num hotel de luxo em Beverly Hills do que ficar acendendo fogueira com dois pedaços de pau no meio da selva. — Ela fechou os olhos e deixou o corpo à deriva. — Você não?

— Claro.

Dizendo isso, ele se aproximou, agarrou a trança e afundou a cabeça de Bryan.

Ela ficou surpresa, mas também satisfeita com o movimento, mesmo voltando à tona espirrando água para todos os lados. Então, ele era capaz de uma brincadeira de tempos em tempos. Outra coisa de que ela poderia gostar nele.

— Sou perita em jogos aquáticos — avisou ela, voltando a bater as pernas.

— A água lhe cai bem.

Quando ele havia relaxado? Não conseguia precisar o momento exato em que sua tensão começara a amainar. Havia algo nela... preguiça? Não, não era verdade. Ela trabalhava tanto quanto ele, embora a seu próprio estilo. Tranquilidade era uma palavra melhor, concluiu ele. Ela era uma mulher tranquila, confortável consigo mesma e em qualquer lugar onde estivesse.

— Fica muito bem em você também.

Bryan estreitou os olhos e o focalizou, uma coisa que ela evitara por vários dias. Se não se permitiu uma olhada mais nítida, pelo menos a ajudou a represar os sentimentos que carregava consigo. Muitos dos quais não eram confortáveis, e Shade estava certo. Ela era uma mulher que gostava de conforto. Mas, naquele momento, com a água deliciosa e refrescante em torno dela e os barcos ao longe fazendo o único som, ela queria aproveitá-lo.

O cabelo dele estava úmido e emaranhado no rosto, que estava relaxado de uma maneira que ela jamais presenciara.

Não parecia haver segredo algum em seus olhos naquele instante. Ele era quase magro demais, mas havia músculos nos braços e nas costas. Ela já conhecia a força de suas mãos. Sorriu para ele, porque não tinha certeza de quantos momentos tranquilos ainda compartilhariam.

— Você não se permite relaxar muito, Shade.

— Não?

— Não. Você sabe... — Ela flutuou uma vez mais, porque bater as pernas exigia um esforço excessivo. — Acho que, no fundo, bem no fundo mesmo, existe um cara legal em você.

— Não, não existe.

Mas ela ouviu o bom humor na voz dele.

— Ah, deve estar enterrado em algum lugar aí. Se você me deixar fazer um retrato seu, eu descubro.

Ele gostava da forma como ela flutuava na água; absolutamente nenhuma energia gasta. Ela estava ali deitada, flutuando confiantemente. Tinha quase certeza de que, se ela ficasse ali deitada por cinco minutos, dormiria.

— Será? — murmurou ele. — Acho que ambos podemos passar sem isso.

Ela abriu novamente os olhos, mas precisou estreitá-los contra o sol, que brilhava atrás dele, para poder vê-lo.

— Acho que você pode, mas já decidi que vou fazer isso, assim que conhecê-lo melhor.

Ele passou levemente o dedo pelo ombro dela.

— Você vai precisar da minha cooperação para conseguir as duas coisas.

— Vou ter. — O contato era mais potente do que ela poderia aguentar. Já estava tensa antes de poder interromper o processo. E ele também, percebeu ela após dez longos segundos. Casualmente, afundou as pernas. — A água está ficando fria. — Ela nadou até o barco com suaves braçadas e o coração disparado.

Shade esperou um pouco. Não importava a direção que ele tomava com ela, acabava sempre no mesmo lugar. Ele a queria, mas não sabia se poderia lidar com as consequências de agir de acordo com aquele desejo. Ainda mais agora que ela estava perigosamente se tornando quase uma amiga dele. Isso não melhoraria coisa alguma para nenhum dos dois.

Lentamente, nadou em direção ao barco, mas ela não estava lá. Confuso, deu uma olhada ao redor e começou a chamá-la, mas, então, a viu empoleirada bem no alto de uma rocha.

Retirara a trança do cabelo e o secava ao sol. Suas pernas estavam dobradas, e o rosto, virado para cima. A leve roupa de verão que ela usava estava ensopada e colada ao corpo. Ela, obviamente, não se importava. Estava em busca do sol, do calor, tal como estivera em busca da água momentos antes.

Shade pegou sua câmera e colocou uma teleobjetiva. Queria ela inteira no visor. Focalizou-a e a enquadrou. Pela segunda vez, a sexualidade espontânea de Bryan lhe encaixou um surpreendente gancho no estômago. Ele era profissional, Shade lembrou a si mesmo enquanto regulava a profundidade do campo visual. Estava fotografando um objeto, nada além disso.

Mas, quando ela virou a cabeça e seus olhos encontraram os dele através da lente, Shade sentiu a paixão incendiar, nele e nela. Ficaram ambos ali por um instante, separados, ainda que irrevogavelmente unidos. Ele tirou a foto e, enquanto o fazia, se deu conta de que estava registrando muito mais do que um objeto.

Um pouco mais segura, Bryan se levantou e desceu pelo flanco da rocha. Precisou lembrar a si mesma que deveria manter a leveza da situação, algo que sempre fora fácil para ela.

— Você não trouxe o termo de liberação, Colby — lembrou ela ao jogar a escova na bolsa.

Ele se aproximou e tocou-lhe o cabelo. Estava úmido, descaindo até a cintura. Seus dedos o acariciaram, os olhos se fixaram nos dela.

— Eu quero você.

Ela sentiu as pernas bambas, e uma sensação de calor começou na boca do estômago para se espalhar até a ponta dos dedos. Ele era um homem duro, Bryan lembrou a si mesma. Não daria, tomaria. No final, ela precisaria das duas coisas.

— Isso não é o suficiente para mim — disse ela, firme. — Todo mundo quer alguma coisa o tempo todo; um carro novo, uma televisão nova. Eu preciso de muito mais do que isso.

Aproximou-se dele e entrou no barco. Sem dizer uma palavra sequer, Shade a seguiu, e deixaram a enseada. À medida que o barco foi ganhando velocidade, ambos imaginaram se Shade poderia dar algo além do que oferecera.

Capítulo 5

Bryan havia romantizado Oak Creek Canyon ao longo dos anos que tinham se seguido à primeira vez em que estivera lá. Quando viu novamente o lugar, não ficou decepcionada. Continuava com todo o poder, com todas as cores que haviam ficado na sua memória.

Veria pessoas de férias nos acampamentos por todos os lados, ela sabia. Mereciam algum tempo e algum rolo de filme. Pescadores amadores e profissionais no riacho, pensou, com suas fisionomias intensas e iscas coloridas. À noite, reunião em torno da fogueira com marshmallows grelhados. Café em copos de alumínio. Sim, valeria muito a pena fazer uma parada.

Planejaram ficar três dias, trabalhando, revelando e ampliando. Bryan estava louca para começar. Mas, antes de irem para a cidade acertar os detalhes, concordaram em parar no cânion para Bryan rever Lee e sua família.

— De acordo com as indicações, deveria haver uma estradinha de terra que daria no lado direito logo depois de um posto comercial.

Shade mal podia esperar. Também estava ansioso para começar. Algumas das fotos que tirara estavam implorando a ele que as fizessem nascer. Ele precisava da concentração e da tranquilidade do laboratório, da solidão da sala escura. Precisava deixar sua criatividade fluir, para, depois, segurar com as próprias mãos o resultado.

A foto de Bryan sentada na rocha. Não queria falar sobre isso, mas ele sabia que este seria o primeiro rolo que revelaria.

O mais importante era que ele teria o tempo e a distância que prometera a si mesmo. Assim que a deixasse com seus amigos, e tinha certeza de que desejariam que ela ficasse com eles, iria para Sedona, alugaria um laboratório e um quarto de motel. Depois de estar com ela 24 horas por dia, contava com alguns dias distante para reequilibrar seu sistema.

Cada um dos dois trabalharia no que bem entendesse; a cidade, o cânion, a paisagem. Isso lhe dava mais espaço. Ele estabeleceria uma rotina de trabalho no laboratório. Com sorte, acabariam se encontrando muito pouco nos próximos três dias.

— Aí está — disse Bryan, embora ele já tivesse visto a estrada estreita e já começasse a diminuir a velocidade. Ela olhou para a estrada íngreme e margeada de árvores, e balançou a cabeça. — Meu Deus, eu jamais teria imaginado Lee morando aqui. É tão selvagem e rude, e ela é... sei lá, elegante.

Ele conhecera algumas mulheres elegantes em sua vida. Vivera com uma. Shade deu uma olhada no terreno.

— Então, o que ela está fazendo aqui?

— Ficou apaixonada — disse Bryan e se inclinou à frente. — E também tem a casa. Maravilhosa.

Vidro e estilo. Era isso o que ela pensava dela. Não era a refinada casa urbana que teria imaginado para Lee, mas Bryan conseguia enxergar como ela podia ser interessante para sua amiga. Havia flores por todos os lados, florações de tom vermelho-alaranjado que ela não conseguia identificar. A grama era espessa, e as árvores, cheias de folhas.

Na frente da casa, encontravam-se dois veículos, um empoeirado jipe último modelo e um brilhante automóvel sedan bege. Assim que pararam atrás do jipe, uma enorme criatura cinza-prateado surgiu ao lado da casa. Shade praguejou de puro assombro.

— Esse deve ser Santanas — disse Bryan, rindo, mas deu apenas uma olhada cautelosa no animal, com a porta trancada.

Fascinado, Shade observou o feixe de músculos do cachorro enquanto este se movimentava. Mas o rabo estava balançando, e a língua, pendendo. Um bichinho de estimação e tanto, pensou ele.

— Parece um lobo.

— É. — Ela continuava olhando através da janela o cão andar de um lado e de outro da van. — Lee me disse que ele é manso.

— Legal. Você sai primeiro.

Bryan lançou-lhe um olhar que ele retornou com um sorriso casual. Bryan respirou fundo e abriu a porta.

— Cachorro simpático — disse ela para o cão enquanto descia, mantendo uma das mãos na maçaneta. — Simpático Santanas.

— Li em algum lugar que Brown criava lobos — disse Shade despreocupadamente, enquanto descia pelo outro lado.

— Fofo — murmurou Bryan e, cautelosamente, ofereceu a mão para o cachorro cheirar.

Ele cheirou e, obviamente, gostou dela, porque a derrubou no chão com um salto. Shade já contornara a van antes que Bryan pudesse respirar. Uma sensação de medo e ódio surgiu nele, mas o que quer pudesse ter feito foi interrompido pelo som agudo de um assobio.

— Santanas! — Uma garotinha chegou correndo de dentro da casa, as tranças voando. — Pare logo com isso. Você sabe que não pode ficar derrubando as pessoas!

Pego em flagrante, o enorme cão desabou sobre a barriga e conseguiu, de uma forma ou de outra, até parecer inocente.

— Ele está pedindo desculpas. — A garota olhou para o rosto tenso do homem e para a mulher quase sem ar esparramada no chão ao lado dele. — É que ele sempre fica empolgado quando aparece alguém. Você é Bryan?

Bryan assentiu com a cabeça enquanto o cachorro jogava a cabeça em seu braço e levantava os olhos para ela.

— É um nome engraçado. Pensei que você tivesse um jeito engraçado também, mas não tem, não. Eu sou Sarah.

— Oi, Sarah. — Retomando o fôlego, Bryan olhou para Shade. — Esse é Shade Colby.

— Isso é um nome de verdade? — perguntou Sarah.

— É, sim.

Shade baixou o olhar quando a garota franziu a testa para ele. Queria lhe dar uma bronca por não cuidar do cachorro, mas descobriu que não poderia. Sarah tinha olhos escuros e sérios que o faziam querer se abaixar para poder olhá-los da altura dela. Uma destruidora de corações. Espere uns dez anos e ela vai destruir todos.

— Parece alguma coisa de um dos livros do meu pai. Eu acho legal. — Ela deu um risinho para Bryan e arrastou o tênis no chão sujo. Tanto ela quanto o cachorro pareciam constrangidos. — Realmente sinto muito por Santanas ter derrubado você. Não se machucou, não é?

Como era a primeira vez que alguém se importava em perguntar, Bryan pensou no assunto e disse:

— Não.

— Bem, quem sabe vocês não vão dizer nada ao meu pai? — Sarah deu um rápido sorriso, mostrando o aparelho. — Ele fica muito nervoso quando Santanas não se comporta.

Santanas passou a enorme língua rosada no ombro de Bryan.

— Sem ressentimentos — disse ela.

— Ótimo. Vamos contar a eles que vocês estão aqui.

Ela saiu em disparada. O cachorro se levantou e correu atrás dela, se esquecendo completamente de Bryan.

— Bem, não parece que a vida de Lee aqui seja particularmente entediante — comentou Bryan.

Shade se aproximou e a ajudou a se erguer. Ficara assustado, percebeu ele. Bastante assustado, pela primeira vez em anos, e tudo porque o animal de estimação de uma garotinha derrubara sua companheira.

— Você está bem?

— Estou.

Com golpes rápidos, ela começou a limpar a sujeira em sua calça jeans. Shade passou a mão pelos braços dela, aquecendo-a.

— Tem certeza?

— Sim, eu...

Ela interrompeu a fala ao perceber que seus pensamentos estavam ficando embaralhados e incoerentes. Não era para ele ficar olhando para ela daquela maneira, pensou. Como se realmente se importasse. Ela desejou que ele a olhasse assim muitas e muitas vezes. Os dedos dele mal tocavam seus braços. Ela desejou que ele a tocasse assim mais vezes. Muitas e muitas outras vezes.

— Estou bem — ela conseguiu finalmente dizer. Mas foi pouco mais do que um sussurro, e seus olhos jamais deixaram os dele.

Ele mantinha as mãos sobre os braços dela.

— Aquele cachorro deve pesar uns cinquenta quilos.

— Ele não teve a intenção de me machucar.

Por que, imaginou ela, vagamente, estavam conversando sobre o cachorro, quando a única coisa que importava realmente eram eles dois?

— Sinto muito. — O polegar dele acariciou a parte interna do cotovelo dela, onde a pele era tão macia quanto ele imaginara. A pulsação dela parecia um motor ligado. — Eu deveria ter saído primeiro, em vez de ficar embromando. — Se ela tivesse se machucado... Ele quis beijá-la naquele instante, naquele exato segundo, quando só estava pensando nela e não nos motivos que poderiam impedi-lo.

— Não tem importância — murmurou ela e percebeu que suas mãos estavam pousadas nos ombros dele. Seus corpos estavam próximos, quase roçando um no outro. Quem se movera? — Não tem importância — repetiu, em parte, somente para si mesma, enquanto se aproximava mais ainda. Suas bocas vacilaram, hesitaram e, depois, quase se tocaram. Da casa, veio um som profundo e frenético de latido. Afastaram-se um do outro quase bruscamente.

— Bryan!

Lee deixou a porta bater atrás de si ao chegar à varanda. Apenas no momento em que gritou ela pôde perceber quão concentradas em si mesmas estavam as duas pessoas na frente de sua casa.

Com um rápido estremecimento, Bryan deu outro passo para trás antes de se virar. Muitas emoções, era a única coisa em que conseguia pensar. Muitas emoções, e muito rapidamente.

— Lee! — Bryan correu para ela, ou correu dele, não tinha certeza. Tudo o que sabia era que, naquele momento, precisava de alguém. Grata, jogou-se nos braços de Lee. — Ah, meu Deus, como é bom ver você!

A saudação foi um pouquinho desesperada. Lee deu uma longa olhada por cima dos ombros de Bryan para encontrar o homem que continuava alguns passos atrás. Sua primeira impressão foi a de que ele queria permanecer daquele jeito. Separado. No que Bryan havia se metido?, imaginou ela, abraçando a amiga com força.

— Preciso olhar para você — insistiu Bryan, agora rindo à medida que a tensão aliviava. O rosto elegante e o cuidadoso penteado eram os mesmos. Mas a mulher, não. Bryan pôde sentir isso antes de olhar para o volume sob o vestido de verão de Lee. — Você está feliz. — Bryan apertou as mãos da amiga. Dá para ver. Sem arrependimentos?

— Sem arrependimentos. — Lee a analisou detidamente. Bryan parecia a mesma, concluiu. Saudável, tranquila, linda de um modo que parecia ser exclusivamente dela. A mesma, pensou, exceto pelo leve sinal de problema que podia detectar em seus olhos. — E você?

— As coisas vão bem. Senti muito a sua falta, mas, agora que a encontrei, estou me sentindo melhor.

Lee riu e passou o braço pela cintura de Bryan. Se havia algum problema, ela encontraria a origem. Bryan jamais conseguia esconder qualquer coisa por muito tempo.

— Entre. Sarah e Hunter estão fazendo chá gelado.

Ela lançou um significativo olhar na direção de Shade e sentiu Bryan enrijecer. Só um pouco, mas Lee sentiu e percebeu que já encontrara a origem.

Bryan pigarreou.

— Shade.

Ele se moveu à frente, pensou Lee, como um homem acostumado a testar o caminho.

— Lee Radcliffe... Lee Radcliffe Brown — corrigiu Bryan e relaxou um pouco. — Shade Colby. Você se lembra de quando gastei o dinheiro que tinha poupado para comprar um carro novo numa foto dele.

— Lembro, e disse que você era louca. — Lee estendeu a mão e sorriu, mas a voz estava indiferente. — Prazer em conhecê-lo. Bryan sempre admirou seu trabalho.

— Mas você, não — retrucou ele, com mais interesse e respeito do que queria sentir.

— Eu acho áspero, mas forte — disse Lee. — Bryan é quem entende disso, não eu.

— Então, ela vai lhe dizer que não fotografamos para conhecedores.

Lee assentiu com a cabeça. O aperto de mão dele era firme, não delicado, mas também longe de ser agressivo. Exatamente a mesma coisa poderia ser dita de seus olhos. Teria de adiar o julgamento por enquanto.

— Entre, sr. Colby.

Ele planejara apenas deixar Bryan lá e ir embora, mas acabou aceitando o convite. Não faria mal algum, racionalizou, esfriar um pouco a cabeça antes de dirigir até a cidade. Seguiu as mulheres.

— Papai, se você não colocar mais açúcar, o gosto vai ficar horrível.

Quando chegaram à cozinha, viram Sarah com as mãos na cintura, observando seu pai mexendo uma jarra de chá.

— Nem todo mundo quer encher o corpo de açúcar como você.

— Eu quero.

Bryan deu um risinho quando Hunter se virou. Ela achava o trabalho dele brilhante, mas quase sempre o xingava no meio da noite por mantê-la acordada. Ela achava que ele parecia um homem sobre o qual as irmãs Brontë teriam escrito; forte, moreno, taciturno. Mas era mais do que isso, era o homem que amava sua melhor amiga. Bryan abriu os braços para ele.

— É bom rever você. — Hunter a abraçou com força, e deu uma risada quando sentiu que ela alcançara, atrás dele, o prato com os biscoitos que Sarah fizera. — Por que você não engorda?

— Continuo tentando — afirmou Bryan e deu uma mordida no biscoito de chocolate. — Hum, ainda está quente. Hunter, esse é Shade Colby.

Hunter baixou o pano de prato.

— Acompanho o seu trabalho — disse ele para Shade enquanto lhe apertava a mão. — É bem poderoso.

— Essa é a palavra que eu usaria para descrever o seu.

— O seu último livro me deixou tão paranoica que passei várias semanas sem conseguir levar minhas roupas para a máquina de lavar que fica no porão — acusou Bryan — Quase fiquei sem roupa para usar.

Hunter deu um risinho.

— Obrigado.

Ela deu uma olhada na cozinha iluminada pelo sol.

— Acho que esperava encontrar teias de aranha e móveis rangendo na sua casa.

— Decepcionada? — perguntou Lee.

— Aliviada.

Lee deu uma risada e se sentou à mesa da cozinha, com Sarah à sua esquerda e Bryan à frente.

— E aí, como está indo o projeto?

— Legal. — Mas Lee notou que ela não olhava para Shade enquanto falava. — Acho que fantástico. Vamos ter mais noção quando revelarmos as fotos. Fizemos um acerto com um dos jornais da área para usar o laboratório deles. Só temos que dirigir até Sedona e arranjar dois quartos de motel. Amanhã, começamos a trabalhar.

— Quartos? — Lee baixou o copo que Hunter lhe dera. — Mas você vai ficar aqui.

— Lee. — Bryan deu um rápido sorriso para Hunter quando ele lhe ofereceu o prato de biscoitos. — Só queria ver você, não chegar e me instalar de mala e cuia. Sei que você e Hunter estão trabalhando em novos livros. Shade e eu vamos estar com fluido de revelação até a medula.

— E como é que vamos visitá-la se você vai estar em Sedona? — opôs-se Lee. — Droga, Bryan, estou morrendo de saudade. Você vai ficar aqui. — Ela colocou uma das mãos na barriga. — Grávidas precisam ser mimadas.

— Você deveria ficar — disse Shade, antes que Bryan pudesse fazer qualquer comentário. — Pode ser a única chance de tempo livre que vai ter em muitos dias.

— Temos muito trabalho a fazer — lembrou Bryan.

— Não é muito longe daqui até a cidade. Não vai fazer muita diferença. Vamos ter de alugar um carro cada um de qualquer maneira.

Hunter analisou o homem do outro lado da cozinha. Tenso, pensou ele. Intenso. Não o tipo de homem que teria escolhido para a livre, solta e despreocupada Bryan, mas não cabia a ele julgar. Cabia a ele, e a seu talento, observar. O que acontecia entre eles era óbvio de se ver. A relutância de ambos em admiti-lo era igualmente óbvia. Calmamente, pegou seu chá e bebeu.

— O convite se aplica a ambos

Shade olhou ao redor, com uma automática e educada recusa na ponta da língua. Seus olhos encontraram os de Hunter. Eram ambos homens intensos e ensimesmados. Talvez fosse este o motivo de terem se entendido tão rapidamente.

Hunter parecia lhe dizer, quase sorrindo: *já estive na sua posição antes. Você pode correr o mais rápido que puder, mas não vai chegar muito longe.*

Shade sentia um pouco de compreensão e um pouco de desafio. Baixou os olhos e viu Bryan lançando um olhar longo e impassível para ele.

— Eu adoraria ficar — ouviu a si mesmo dizer. Shade cruzou a mesa e se sentou.

Lee olhava para as fotos com seu jeito preciso e decidido. Bryan andava de um lado para o outro no terraço, quase explodindo.

— E aí? — perguntou ela. — O que você acha?

— Ainda não acabei de ver todas.

Bryan abriu a boca e, depois, fechou novamente. Não costumava ficar nervosa com seus trabalhos. Sabia que as fotos estavam boas. Não colocara seu suor e seu coração em cada uma delas?

Mais do que boas, disse para si mesma, enquanto arrancava uma barra de chocolate do bolso. Aquelas fotos estavam entre os melhores trabalhos que já fizera. Talvez a competição com Shade a tivesse motivado a fazê-las. Talvez tivesse sido a necessidade de sentir um pouco de imodéstia depois dos comentários que ele fizera sobre o estilo de trabalho dela. Bryan não gostava de pensar que era tão mesquinha a ponto de se utilizar da mais baixa rivalidade, mas tinha de admitir que, naquele momento, estava sendo. E queria vencer.

Ela e Shade moraram na mesma casa e trabalharam no mesmo laboratório por vários dias, mas conseguiram quase não se encontrar. Bom truque, pensou Bryan, pesarosa. Talvez tivessem dado certo porque ambos jogavam o mesmo jogo. Esconder e não achar. No dia seguinte, estariam de volta à estrada.

Bryan descobriu que estava ansiosa para ir, ao mesmo tempo em que odiava a ideia. E ela não era uma pessoa do contra, lembrou a si mesma com firmeza. Basicamente, era uma pessoa direta e... bem, sim, era afável. Era simplesmente sua natureza. Então, por que ela não estava com Shade?

— Bem...

Bryan zanzava em volta de Lee enquanto ela falava:

— Bem... — ecoou ela, esperando.

— Sempre admirei o seu trabalho, Bryan. Você sabe disso.

À sua maneira elegante, Lee juntou as mãos sobre a mesa de ferro.

— Mas... — insistiu Bryan.

— Mas esses são os melhores. — Lee sorriu. — Os melhores que fez até hoje.

Bryan soltou o ar que havia prendido e contornou a mesa. Nervos? Sim, ela os possuía. Mas não ligava para eles.

— Por quê?

— Tenho certeza de que deve haver vários motivos técnicos... a luz e a sombra, os cortes.

Impaciente, Bryan balançou a cabeça.

— Por quê?

Compreensiva, Lee escolheu uma foto.

— Essa aqui da mulher idosa e da garotinha na praia. Talvez seja o meu estado atual — disse ela lentamente, analisando novamente a foto —, mas isso aqui me faz pensar no bebê que vou ter. Também me faz lembrar que vou envelhecer, mas não vou ficar tão velha a ponto de ficar sonhando. Essa foto é poderosa porque é bem simples e básica, tão direta e tão incrivelmente cheia de emoção. E essa aqui...

Ela passou as fotos uma atrás da outra até chegar à do trabalhador da estrada.

— Suor, determinação, honestidade. Quando olha para esse rosto, você sabe que o homem acredita em trabalho duro e em pagar suas contas em dia. E aqui, esses adolescentes. Eu vejo a juventude, imediatamente antes das inevitáveis mudanças para a idade adulta. E esse cachorro. — Lee riu ao olhar a foto. — A primeira vez em que olhei, me chamou a atenção ele ser bonitinho e engraçado, mas ele parece tão orgulhoso, tão, bem... humano. Você quase acredita que o barco pertence a ele.

Como Bryan permanecia em silêncio, Lee arrumou novamente as fotos.

— Eu poderia repassar todas elas com você, mas a questão é a seguinte, cada uma delas conta uma história. É apenas uma cena, uma fração de tempo, mas a história está lá. Os sentimentos estão lá. Não é esse o propósito?

— É. — Bryan sorriu e relaxou os ombros. — É esse o propósito.

— Se as fotos de Shade tiverem metade da qualidade das suas, o ensaio vai ficar maravilhoso.

— Elas têm — murmurou Bryan. — Vi alguns dos negativos no laboratório. Estão incríveis.

Lee franziu o cenho e observou Bryan devorar um chocolate.

— Isso a incomoda?

— O quê? Ah, não, não, é claro que não. O trabalho dele é dele, mas, nesse caso particular, vai estar junto com o meu. Eu jamais teria concordado em trabalhar com ele se não o admirasse.

— Mas...

Dessa vez, Lee franziu o cenho com um sorriso parcial.

— Não sei, Lee, ele é tão... tão perfeito.

— É mesmo?

— Ele nunca se atrapalha — reclamou Bryan. Sempre sabe exatamente o que quer. Quando se levanta de manhã, já está totalmente coerente com tudo, nunca erra o caminho. Faz até um café bem razoável.

— Alguém o detestaria por isso — disse Lee secamente.

— É frustrante, é só isso.

— O amor normalmente é. Você está apaixonada por ele, não está?

— Não. — Genuinamente surpresa, Bryan encarou Lee. — Meu Deus, espero ter um pouco mais de bom-senso. Tenho que me esforçar muito até para gostar dele.

— Bryan, você é minha amiga. Se não fosse assim, não estaria me preocupando, estaria me intrometendo.

— O que quer dizer que vai se intrometer — colocou Bryan.

— Exatamente. Vi bem o jeito de vocês andarem um ao lado do outro como se estivessem pisando em ovos, como se aterrorizados com a possibilidade de um dar de cara com o outro e desencadear uma combustão espontânea.

— Algo parecido.

Lee se aproximou e tocou as mãos dela.

— Bryan, me conte.

Evasivas eram sempre possíveis. Bryan baixou os olhos para as mãos unidas e suspirou:

— Estou atraída — admitiu lentamente. — Ele é diferente de todos os homens que conheci, principalmente porque não é o tipo de homem com o qual eu normalmente me relacionaria. Ele é bem distante, bem sério. Eu gosto de me divertir. E só.

— Relacionamentos têm de ser baseados em muito mais do que diversão.

— Não estou atrás de relacionamento. — Nesse ponto, ela era bastante clara. — Eu saio com os caras porque gosto de dançar, ir a festas, ouvir música e ir ao cinema. É isso. A última coisa que desejo é toda a tensão e a trabalheira que vêm com os relacionamentos.

— Se uma pessoa que não a conheça ouvisse isso, diria que é um sentimento muito superficial.

— Talvez seja — rebateu Bryan. — Talvez eu seja.

Lee não disse nada, apenas batia com os dedos nas fotos.

— Este é o meu trabalho — começou Bryan e, depois, desistiu. Muita gente poderia levar ao pé da letra aquilo que ela dissera, mas não Lee. — Não quero um relacionamento — repetiu, mas num tom mais tranquilo. — Lee, já passei por isso, e sou muito, muito ruim nesse tipo de coisa.

— Relacionamentos envolvem duas pessoas — apontou Lee. — Você continua se sentindo culpada?

— Grande parte da culpa foi minha. Fui uma péssima esposa.

— Como um certo tipo de esposa — corrigiu Lee.

— Imagino que deva haver apenas umas poucas definições no dicionário.

Lee franziu a testa.

— Sarah tem uma amiga cuja mãe é maravilhosa. Ela não cuida somente de uma casa limpa, mas de uma casa interessante. Ela faz geleia, participa da Associação de Pais e Professores e coordena um grupo de bandeirantes. A mulher consegue botar as mãos num pedaço de papel colorido e cola e produzir uma obra de arte. Ela é linda e se mantém assim com a ajuda de exercícios, três vezes por semana. Eu a admiro bastante, mas, se Hunter esperasse esse tipo de coisa de mim, eu não estaria com o anel dele no meu dedo.

— Hunter é especial — murmurou Bryan.

— Não vou discutir. E você sabe por que quase estraguei tudo com ele... Porque tinha medo de fracassar em construir e manter um relacionamento.

— Não é uma questão de ter medo. — Bryan deu de ombros. — É mais uma questão de não ter a energia para isso.

— Não se esqueça de com quem você está falando — disse Lee suavemente.

Com uma risada, Bryan balançou a cabeça.

— Tudo bem, talvez seja uma questão de ser cautelosa. Relacionamento é uma palavra pesada demais. Caso é mais leve — disse ela, pensando. — Mas um caso com um homem como Shade está fadado a ter uma tremenda repercussão.

Isso pareceu tão frio, refletiu Bryan. Quando começara a pensar em termos tão lógicos?

— Ele não é um homem fácil, Lee. Tem seus próprios demônios e sua própria maneira de lidar com eles. Nem sei se ele os compartilharia comigo, ou se eu gostaria de que fizesse isso.

— Ele faz questão de ser frio — comentou Lee —, mas eu o vi com Sarah. Admito que a delicadeza básica nele me surpreendeu, mas ela existe.

— Existe — concordou Bryan. — Só é difícil chegar nela.

— O jantar está pronto! — Sarah deu um puxão na porta de tela, que bateu com força na parede. — Shade e eu fizemos um espaguete que está maravilhoso.

Estava. Durante o jantar, Bryan observou Shade. Assim como Lee, também ela notara a facilidade com a qual ele se relacionava com Sarah. Era mais do que tolerância, decidiu ela, observando-o rir com a garota. Era afeição. Não lhe ocorrera que Shade pudesse demonstrar sua afeição com tanta rapidez ou com tão poucas restrições.

Talvez eu devesse ser uma menina de 12 anos usando um aparelho dentário, pensou ela, e balançou a cabeça para o seu próprio padrão de pensamento. Ela não queria a afeição de Shade. Seu respeito, ela queria.

Ela precisou esperar até o final do jantar para perceber que estava errada. Queria muito mais.

Foi a última noite livre antes de o grupo se separar. Na varanda da frente, observaram o surgimento das primeiras estrelas e ouviram os primeiros sons da noite. Naquela hora, na noite seguinte, Shade e Bryan já estariam no Colorado.

Lee e Hunter se sentaram no balanço da varanda com Sarah aninhada entre os dois. Shade estava esticado numa cadeira ao lado, relaxado, um pouco cansado e mentalmente satisfeito depois de longas horas no laboratório. Contudo, ali, naquele bate-papo tranquilo com a família Brown, ele percebeu que a parada para a visita fora tão ou mais importante para ele do que para Bryan.

Ele tivera uma infância simples. Até aqueles últimos dias, havia quase esquecido quanto havia sido não somente simples, mas também sólida. As coisas que haviam acontecido com ele na idade adulta haviam bloqueado bastante sua memória daquela fase. Agora, sem perceber conscientemente, Shade estava recuperando parte dela.

Bryan estava sentada no degrau, recostada numa coluna. Juntava-se ou distanciava-se da conversa de acordo com seu interesse. Não havia nada importante sendo dito, e a serenidade da conversa tornou a cena muito mais atraente. Uma mariposa se chocou contra a luz da varanda, grilos cantavam, e uma brisa sacudia as folhas das árvores ao redor da casa. Os sons se reuniam em uma outra suave e tranquilizadora conversa.

Ela gostou da maneira como Hunter deixou seu braço atrás do balanço. Embora ele estivesse falando com Shade, seus dedos passavam delicadamente pelo cabelo de sua mulher. A cabeça de sua filha estava em seu peito, mas, de vez em quando, ela colocava a mão na barriga de Lee, como que para testar se sentia algum movimento. Embora ela não tivesse conscientemente visualizado a cena, tudo acontecia à sua frente. Sem conseguir resistir, Bryan entrou na casa.

Quando voltou, alguns instantes depois, estava com a câmera, o tripé e o flash.

Sarah deu uma olhada e se empertigou, afetada

— Ih, pessoal, Bryan vai tirar uma foto nossa.

— Sem pose — disse Bryan, com um sorrisinho. — Continuem conversando — prosseguiu ela antes que alguém pudesse protestar. — Finjam que não estou aqui. Está perfeito — refletiu ela consigo mesma. — Não sei como não vi isso antes.

— Vou ajudar você.

Bryan levantou os olhos na direção de Shade, surpresa, e quase recusou antes de interromper suas palavras. Era a primeira vez em que ele fazia qualquer tentativa de trabalhar com ela. Se aquilo era uma demonstração para ela ou para o afeto que descobriu sentir por seus amigos, pouco importava, não seria ela que rebateria. Em vez disso, sorriu e lhe deu o medidor de luz.

— Faça a leitura da luz, por favor.

Trabalharam juntos como se o fizessem havia muitos anos. Outra surpresa, para ambos. Ela ajustou a luz, já calculando a exposição enquanto Shade lhe fazia a leitura. Satisfeita, Bryan verificou o ângulo e o enquadramento no visor e, depois, se afastou e deixou Shade tomar sua posição.

— Perfeito.

Se ela estava procurando uma preguiçosa noite de verão e uma família contente com isso e um com o outro, deveria ter procurado melhor. Com um passo para trás, Shade se encostou na parede da casa. Sem pensar no assunto, continuou a ajudá-la, distraindo o trio no balanço.

— O que você quer Sarah — começou ele, assim que Bryan se posicionou novamente atrás da câmera —, um irmãozinho ou uma irmãzinha?

Enquanto pensava na resposta, Sarah esqueceu o fascínio que sentira por estar sendo fotografada.

— Bem... — Sua mão foi parar novamente na barriga de Lee, que colocou a dela por cima, espontaneamente. Bryan clicou. — Talvez um irmão — disse ela. — Minha prima diz que uma irmãzinha, às vezes, é um saco.

Enquanto Sarah falava, Lee encostou a cabeça levemente no braço de Hunter. Os dedos dele novamente lhe acariciaram o cabelo. Bryan sentiu que a emoção estava tomando conta dela e obstruindo sua visão. Fez a foto seguinte sem estar enxergando nada.

Seria aquilo o que ela sempre quisera?, imaginou ela enquanto batia novas fotos. A proximidade e a satisfação que vinham com o compromisso e a intimidade? Por que esperara até aquele momento para se manifestar, quando seus sentimentos em relação a Shade já estavam embaralhados e complicados ao extremo? Ela piscou os olhos e abriu o obturador quando Lee virou a cabeça para rir de alguma coisa que Hunter dissera.

Relacionamento, pensou ela, enquanto a falta que sentia se exasperava dentro dela. Não as amizades fáceis e despreocupadas que ela arranjava para si mesma, mas um relacionamento consistente, exigente e que a fizesse compartilhar. Era isso o que ela estava vendo através do visor. Era isso o que ela descobrira que queria para si mesma. Quando tirou o olho da câmera, Shade estava ao seu lado.

— Algo errado?

Ela balançou a cabeça e foi desligar o flash.

— Perfeito — anunciou ela com uma casualidade que lhe custou muito. Deu um sorriso para a família no balanço. — Vou mandar uma cópia para vocês assim que passarmos novamente pelo laboratório.

Ela tremia. Shade estava suficientemente perto para perceber. Ele se virou e pegou a câmera e o tripé.

— Eu levo para você.

Ela se virou para dizer não, mas ele já estava carregando tudo para dentro da casa.

— É melhor eu guardar o meu equipamento — disse ela para Hunter e Lee. — Shade gosta de sair nas horas menos civilizadas possíveis.

Quando ela entrou, Lee encostou a cabeça novamente no braço de Hunter.

— Eles vão ficar bem — disse ele para ela. — Ela vai ficar bem.

Lee olhou para a porta.

— Talvez.

Shade levou o equipamento de Bryan para o quarto que ela estava usando e esperou. Assim que ela chegou com o flash, ele se virou para ela.

— O que há de errado?

Bryan abriu o estojo e guardou o material.

— Nada. Por quê?

— Você estava tremendo. — Impaciente, Shade pegou no braço dela, virando-a. — Ainda está tremendo.

— Estou cansada.

A seu próprio modo, aquilo era verdade. Ela estava cansada de ter que deixar escapar suas emoções.

— Não faça joguinhos comigo, Bryan. Sou bem melhor nisso do que você.

Deus, será que ele fazia alguma ideia do quanto ela queria ser abraçada naquele momento? Será que ele teria alguma maneira de entender quanto ela daria se ao menos ele a abraçasse naquele exato momento?

— Não insista, Shade.

Ela deveria saber que ele não a ouviria. Com uma das mãos, ele a segurou pelo queixo com firmeza. Os olhos que viram bem mais do que ele tinha direito de ver miraram os dela.

— Diga.

— Não.

Ela respondeu com tranquilidade. Se estivesse zangada, indignada, fria, ele insistiria até obter tudo. Não conseguiria combatê-la daquela maneira.

— Tudo bem.

Ele recuou, colocando as mãos nos bolsos. Sentira algo na varanda, algo que o motivara, que se oferecera a ele. Se ela tivesse oferecido algum indício, o menor indício, talvez ele tivesse lhe dado naquele momento mais do que ambos poderiam imaginar.

— Talvez seja melhor você dormir. Vamos sair às 17h.

— Tudo bem. — Ela se afastou para pegar o resto do equipamento. — Estarei pronta.

Ele já estava saindo quando sentiu a necessidade de se virar novamente.

— Bryan, eu vi suas fotos. São excepcionais.

Ela sentiu as primeiras lágrimas escorrendo pelo rosto e ficou espantada. Desde quando ela chorava porque alguém reconhecia seu talento? Desde quando tremia porque uma foto que ela estava tirando a emocionava pessoalmente?

Pressionou os lábios com força por um instante e continuou a arrumar a bagagem sem se virar.

— Obrigada.

Shade não esperou muito. Fechou a porta ao sair.

Capítulo 6

Quando atravessaram o Novo México em direção ao Colorado, Bryan já estava se sentindo mais equilibrada. Em parte, ela pensava que a parada em Oak Creek Canyon lhe dera tempo demais para a introspecção. Embora frequentemente necessitasse disso em seu trabalho, havia momentos em que essa característica trabalhava contra ela.

Pelo menos foi disso que ela conseguiu se convencer depois que ela e Shade estabeleceram a rotina de dirigir e fotografar e dirigir um pouco mais.

Não estavam procurando cidades ou eventos importantes nessa parte do projeto. Procuravam pequenas e irreconhecíveis cidades e ranchos em dificuldade. Famílias que trabalhavam juntas na terra em busca de objetivos comuns. Para essas pessoas, o verão era uma época de trabalho duro e interminável na preparação para os rigores do inverno. Não era só diversão, brincadeiras, sol e areia. Eram também os trabalhadores itinerantes esperando a colheita dos pêssegos em agosto e hortas sendo semeadas e cultivadas para compensar o gasto com as verduras no inverno.

Preteriram Denver, mas escolheram lugares como Antonito, por exemplo. Não estavam atrás de grandes manadas, mas de experiências menores e mais pessoais.

Bryan teve seu primeiro contato com gado sendo marcado num pequeno e empoeirado rancho chamado Bar T. Sua visão preconcebida de vaqueiros suados e conduzindo o gado não estava completamente equivocada. Apenas não incluía as noções mais básicas do processo que envolvia a marcação de um boi, tais como o cheiro de carne queimada e o sangue espirrando no momento em que os potenciais touros viravam novilhos castrados.

Era, descobriu ela assim que começou a sentir náuseas, uma mulher da cidade, de corpo e alma.

Mas conseguiram as fotos. Vaqueiros com lenços no rosto e esporas nas botas. Alguns deles sorriam, outros praguejavam. Todos trabalhavam.

Ela descobriu o verdadeiro significado de cavalo de carga quando viu os homens empurrando suas montarias. O suor de um cavalo tinha um cheiro rico e pesado. Impregnava-se no ar, misturado ao suor dos homens.

Bryan considerou sua melhor foto um estudo quase clássico de um homem aproveitando seu tempo livre com as mãos. O jovem vaqueiro era esbelto e corado, o que o tornava perfeito para as intenções dela. Sua camisa de cambraia era escura e tinha manchas de suor na frente, nas costas e debaixo dos braços. Mais suor misturado com poeira descia por seu rosto. Suas botas de trabalho estavam enrugadas e empastadas de sujeira. O bolso traseiro da calça jeans estava gasto devido ao constante atrito com uma lata redonda de fumo de mascar. Com o chapéu jogado para trás e o lenço folgado amarrado no pescoço, ele estava sobre a cerca com as pernas bem afastadas e levava até a boca uma lata de cerveja gelada.

Bryan imaginou que a foto, assim que fosse ampliada, possibilitaria inclusive que se visse seu pomo de adão se mexendo enquanto engolia a cerveja. E cada mulher que olhasse para a foto, tinha certeza, ficaria um pouco apaixonada. Ele era a mística, o espadachim, o último dos cavaleiros. Ter aquela foto na máquina quase compensou o fato de quase ter perdido o almoço por causa da marcação dos bois.

Ela havia visto Shade bastante atento a tudo e sabia que suas fotos seriam corajosas, duras e detalhadas. Contudo, também o vira focalizando um garoto de 11 ou 12 anos se desembaraçando em seu primeiro rodeio com toda a alegria e inocência peculiares aos garotos de sua idade. Sua escolha a surpreendera, porque ele raramente procurava temas leves. O que também era, infelizmente para seu estado de espírito, outra coisa pela qual ela poderia gostar dele. Havia outras.

Ele não fez comentário algum quando ela ficou, por um tempo, apática e distante do que estava acontecendo no pequeno curral fechado, onde bezerros berravam por suas mães e deixavam escapar longos e surpresos gemidos quando a faca e o ferro entravam em ação. Ele não dissera uma palavra quando ela se sentara na sombra até ter certeza de que seu estômago voltaria ao normal. Nem dissera uma palavra quando deu a ela uma bebida gelada. Nem ela.

Naquela noite, acamparam nas terras do Bar T. Shade lhe dera espaço desde que haviam deixado o Arizona, porque ela, de repente, pareceu estar precisando. Por mais estranho que parecesse, ele não estava precisando. No começo, fora sempre Bryan a forçar a conversa, enquanto ele estava contente por dirigir em silêncio horas a fio. Agora, ele queria conversar com ela, ouvi-la rir, observar como suas mãos se moviam quando ficava entusiasmada com qualquer coisa. Ou observar como se esticava facilmente, centímetro a centímetro, à medida que a voz ficava mais lenta.

Algo indefinível mudara em ambos durante o tempo que haviam passado em Oak Creek. Bryan se tornara distante, quando sempre fora quase excessivamente aberta para os padrões dele. Ele descobrira que queria a companhia dela, quando sempre fora solitário. Queria sua amizade, embora não compreendesse inteiramente por quê. Era uma mudança da qual ele não tinha certeza se gostava, ou sequer entendia. De qualquer modo, como as mudanças haviam acontecido simultaneamente, não serviram para aproximá-los.

Shade não escolhera por nenhuma razão especial o espaço aberto perto de um riacho para acampar. Apenas porque gostara do local. Bryan imediatamente enxergou outras possibilidades.

— Escute, vou me lavar. — Ela estava tão suja quanto os vaqueiros que fotografara durante toda a tarde. Passou pela sua cabeça a possibilidade, nem um pouco agradável, de que talvez ela estivesse cheirando como os cavalos que havia observado. — A água deve estar gelada. Então, não vou demorar nada. Você pode ir depois.

Shade arrancou a tampa de uma cerveja. Podiam não ter participado da reunião do gado, mas haviam ficado de pé sob o sol por quase oito horas.

— Não se apresse.

Bryan pegou uma toalha e um sabonete, e disparou. O sol se punha nas montanhas a oeste. Ela já conhecia acampamentos muito bem para saber que esfriaria bastante assim que anoitecesse. Não queria estar molhada e nua quando isso acontecesse.

Nem se preocupou em dar uma olhada em volta antes de tirar a camisa. Estavam muito distantes da casa do rancho. Nenhum homem iria tão longe no pôr do sol. Shade e ela já haviam estabelecido que a privacidade era sagrada sem terem trocado sequer uma palavra sobre o assunto.

Naquele exato momento, pensou ela enquanto tirava a calça jeans, os vaqueiros que eles tinham ido fotografar estavam, provavelmente, comendo uma enorme refeição; carne vermelha e batatas, meditou ela. Biscoitos amanteigados fumegantes. Deus sabia que eles mereciam, depois do dia pelo qual haviam passado. E ela, também, decidiu, embora ela e Shade fossem ficar mesmo era com sanduíches frios e um pacote de salgadinhos.

Magra, alta e nua, Bryan absorveu o ar que recendia a pinheiro. Até mesmo uma garota da cidade, pensou ela, parando um instante para observar o pôr do sol, podia apreciar tudo aquilo.

Cuidadosamente, ela entrou no riacho com água fria que batia em seu joelho e começou a retirar a poeira do corpo. Estranho, ela não ligava mais para os calafrios como antes. A viagem pelos Estados Unidos estava fadada a lhe deixar essa marca. Estava contente por isso.

Ninguém poderia querer permanecer exatamente igual a vida inteira. Se suas perspectivas haviam mudado durante a viagem, sorte dela. O projeto estava lhe dando muito mais do que uma oportunidade de mostrar seu trabalho e sua expressão criativa. Estava lhe dando experiências. Por quais outros motivos havia se tornado uma fotógrafa, senão para ver e entender as coisas?

Entretanto, não compreendia Shade mais do que compreendera no início da viagem. Tentara? Num certo sentido, pensou, passando o sabonete nos braços. Até o ponto em que o que ela vira e compreendera começara a afetá-la pessoal e profundamente. Então, recuara de imediato.

Não gostava de admitir isso. Bryan tremeu e começou a se lavar com mais rapidez. Já era quase noite. Autopreservação, lembrou a si mesma. Talvez a imagem que passava fosse a de alguém que pegava o que aparecia e aproveitava o melhor possível, mas também tinha suas fobias. E tinha direito a elas.

Já fazia muito tempo que ficara magoada, e fora por causa de sua estratégia, cuja simplicidade fora enganadora. Se estivesse numa encruzilhada e tivesse de escolher entre um caminho tranquilo, sem percalços, e outro pedregoso, com alguns buracos, escolheria o primeiro. Talvez fosse menos digno de admiração, mas ela sempre achara que o resultado final seria o mesmo, porém, com menos dispêndio de energia. Shade Colby era uma estrada acidentada.

De qualquer maneira, não era apenas uma questão de escolha pessoal. Eles poderiam ter um caso, um caso fisicamente satisfatório e emocionalmente superficial. Dava certo para muita gente. Mas...

Shade não queria se envolver com Bryan muito mais do que ela queria se envolver com ele. Sentia-se atraído, assim como ela, mas não oferecia muito mais do que isso. Se oferecesse... Ela se livrou daquela linha de pensamento como se fosse um pedaço de pedra. Especulação nem sempre era saudável.

O mais importante era que, agora, ela estava voltando a ser como sempre fora. Estava satisfeita com o trabalho que fizera desde que haviam deixado o Arizona, e mal podia esperar para cruzar o Kansas no dia seguinte. O projeto, como ambos haviam acertado, era a prioridade.

Campos de trigo e tornados, pensou ela com um risinho. Siga a estrada de tijolinhos amarelos. Era isso o que o Kansas lhe trazia à memória. Agora, tinha uma visão melhor e queria muito encontrar a realidade. Bryan estava começando a gostar de ver suas preconcepções serem, ao mesmo tempo, confirmadas e destruídas.

Isso era para o dia seguinte. Naquele exato momento, já anoitecera, e ela sentia frio.

Com agilidade, saiu do riacho e foi atrás da toalha. Shade podia se lavar enquanto ela enfiava no estômago o que quer que estivesse à disposição. Vestiu uma enorme camisa de mangas compridas e começou a abotoá-la. Foi quando viu os olhos.

Por um momento, apenas os mirou enquanto mantinha as mãos nos botões. Então, viu que havia mais do que um par de olhos estreitos e amarelados olhando para ela na quase escuridão. Havia um corpo esguio e musculoso e dentes brancos e afiados a alguns passos de distância.

Bryan deu dois passos para trás, tropeçou em sua calça jeans e deu um berro que poderia ter sido ouvido na cidade ao lado.

Shade estava esticado numa cadeira dobrável ao lado da fogueira que acendera. Ele gostara muito daquele dia; a atmosfera nua e crua, o sol abrasador e a cerveja gelada. Sempre admirava a camaradagem que permeava as relações das pessoas que trabalhavam ao ar livre.

Ele necessitava da cidade, estava em seu sangue. Na maioria das vezes, preferia os aspectos impessoais das pessoas correndo de volta para suas casas, cada uma em seu ritmo. Mas era importante entrar em contato com outros aspectos da vida de tempos em tempos.

Agora, ele conseguia ver, mesmo com apenas algumas semanas de viagem, que estava ficando velho. Não enfrentava mais os desafios como fizera na juventude. O tipo de desafio "levar um tiro e ficar vivo". Não queria mais isso. Mas se deixara ficar complacente demais com as coisas que andava fazendo.

O projeto lhe dera a chance de explorar a si mesmo, assim como o país. Pensava em sua parceira com diferentes graus de perplexidade e interesse. Ela não era nem um pouco parecida com a garota simples e resoluta que ele originalmente imaginara. Mas, ainda assim, ela estava quase inteiramente afastada dele. Ele estava começando a entendê-la. Lentamente, mas estava. Ela era sensível, emocional e naturalmente gentil. Ele raramente era gentil, porque tomava todos os cuidados para não sê-lo. Ela parecia confortável consigo mesma, divertia-se facilmente, era franca. Ele aprendera, muito tempo atrás, que a franqueza podia atacar com unhas e dentes.

Mas ele a desejava; porque, ou apesar dela ser diferente, ele a desejava. Todo o tempo em que se forçara a manter as mãos afastadas dela, durante aqueles dias e noites que haviam se sucedido àquele beijo leve e interrompido na estrada de Hunter Brown, estava começando a irritá-lo. Ele tinha que agradecer ao seu controle pelo fato de ter conseguido, o controle que afiava tão bem que mais parecia uma prisão.

Shade jogou o cigarro no fogo e se recostou. Não perderia o controle, ou escaparia da prisão, mas isso não significava que, cedo ou tarde, ele e Bryan não seriam amantes. Ele queria que isso acontecesse. Simplesmente aguardaria o momento propício para que tudo acontecesse a seu modo. Enquanto estivesse segurando as rédeas, não atolaria.

Quando ele a ouviu gritando, dezenas de imagens agonizantes passaram por sua cabeça, imagens que ele vira e vivenciara, imagens que somente alguém que as vira e vivenciara poderia evocar. Antes mesmo de se dar conta de que não passavam de lembranças, já estava correndo em disparada.

Quando chegou até ela, Bryan estava se erguendo do tombo que levara. A última coisa que esperava era se levantar e se chocar com Shade. A última coisa que ela esperava era exatamente do que ela precisava. Sem fôlego, agarrou-se a ele.

— O que aconteceu? — Seu próprio pânico abafou seus ouvidos para o pânico na voz dele. — Bryan, você está machucada?

— Não, não. Ele me assustou, mas fugiu. — Ela colou o rosto no ombro de Shade e respirou fundo. — Ah, meu Deus, Shade.

— O quê? — Pegando-a pelos cotovelos, ele a afastou o suficiente para olhá-la. — O que a assustou?

— Um gato.

Ele não estava se divertindo. O medo se transformou em raiva, de maneira tão perceptível que Bryan pôde enxergá-la mesmo antes dele praguejar.

— Droga! Que tipo de idiota é você? Dar um berro desses por causa de um gato!

Ela respirava num ritmo forte, concentrada na raiva que estava sentindo; o medo genuíno era algo com o qual não se importava.

— Não era um gato doméstico — rebateu ela. Ainda estava trêmula, mas não o suficiente para se sentar e ser chamada de idiota. — Era um desses... não sei. — Ela ergueu uma das mãos para empurrar o cabelo, mas deixou cair, porque não parava de tremer. — Preciso me sentar. — E se sentou na grama.

— Um lince? — Shade, mais calmo, se agachou ao lado dela.

— Não sei. Lince, puma... eu não saberia dizer a diferença. Mas era muito maior do que qualquer gatinho doméstico. — Ela baixou a cabeça até os joelhos. Talvez já tivesse ficado assustada antes, mas não conseguia se lembrar de nada comparado ao que ocorrera ali. — Ele estava ali, me observando. Eu pensei... eu pensei que ele fosse pular no riacho. Os dentes... — Ela estremeceu e fechou os olhos. — Grandes — conseguiu dizer, não mais se importando de estar parecendo uma idiota retardada. — Bem grandes.

— Ele já se foi. — Shade guardou sua fúria. Ele deveria saber que ela não era o tipo de mulher que se assustava com sombras. Sabia o que era sentir medo e se sentir desamparado com isso. Dessa vez, praguejou consigo mesmo ao abraçá-la. — Da forma como você gritou, ele já deve estar a uns quinze quilômetros daqui e ainda deve estar correndo.

Bryan assentiu, mas manteve a cabeça enterrada entre os joelhos.

— Acho que ele não era tão grande assim, mas eles ficam diferentes no zoológico. Só preciso de mais uns minutinhos para me recuperar.

— Não se apresse.

Ele descobriu que não se importava de oferecer conforto, embora fosse uma coisa que não fizesse havia muito tempo. O ar estava fresco, e a noite, sem vento. Ele conseguia escutar o som da água correndo no riacho. Por um instante, teve um rápido flash da varanda de Brown, do tranquilo retrato de família no balanço. Ali, sentia a mesma satisfação, abraçando Bryan ao anoitecer.

Acima deles, um gavião guinchou, em seu primeiro voo da noite. Bryan sacolejou.

— Calma — murmurou Shade. Ele não riu, nem mesmo sorriu. Apenas deu conforto.

— Acho que estou um pouco nervosa.

Com um riso nervoso, ela ergueu novamente a mão para passar no cabelo. Só neste momento Shade percebeu que ela estava nua por baixo da camisa aberta.

A visão daquele corpo esguio e flexível por baixo do tecido fino e tremulante transformou a satisfação que ele estava sentindo num desejo de proporções cósmicas. Um desejo, descobriu ele naquele imediato instante, que era, de alguma forma, exclusivo por ela, não apenas por uma mulher com um rosto lindo, um corpo atraente, mas por Bryan.

— Talvez você devesse voltar e...

Ela virou a cabeça e descobriu que seus olhos estavam a apenas alguns centímetros de distância dos dele. E, neles, ela viu tudo o que ele estava sentindo. Quando recomeçou a falar, ele balançou a cabeça.

Sem palavras. Sem palavras naquele instante. Somente o desejo, somente as emoções. Ele queria sentir isso com ela. Quando sua boca colou na dela, ele não lhe deu nenhuma chance a não ser a de querer a mesma coisa.

Delicadeza? De onde vinha e como poderia ela dispensá-la? Estavam juntos havia quase um mês, mas ela jamais suspeitara de que ele pudesse ser delicado. Tampouco soubera quão intensamente necessitava encontrar isso nele.

A boca dele exigia, mas tão lentamente, tão sutilmente que Bryan já estava oferecendo antes mesmo de perceber. Ela já oferecera antes, não iria se afastar novamente. Sentiu as mãos dele, quentes e firmes em sua pele nua, mas suspirou de prazer, não de protesto. Ela queria que ele a tocasse, esperara por isso, negara a espera. Agora, ela se aproximava. Não haveria nenhuma negação.

Ele sabia que ela seria assim, esguia, forte, macia. Já imaginara isso uma duzentas vezes. Não se esquecera do gosto que sentira antes, quente, tentador, generoso. Por duzentas vezes, ele tentou não lembrar.

Dessa vez, Bryan tinha o aroma do riacho, fresco e delicioso. Ele poderia enterrar o rosto em seu pescoço e aspirar a noite de verão nela. Beijou-a lentamente, baixando os lábios para o pescoço e, do pescoço, para os ombros. Permanecendo ali, ele se deu o prazer de descobrir o corpo dela com a ponta dos dedos.

Era torturante. Sublime. Agonizante. Irresistível. Bryan queria que aquilo continuasse e continuasse, sem parar. Puxou-o para mais perto, adorando sentir aquele corpo duro e enxuto contra o seu, o atrito das roupas dele em sua pele, a respiração sussurrante. E, acompanhando tudo, a batida rápida e estável do coração de Shade perto dela.

Podia sentir nele o cheiro do trabalho naquele dia, o leve, porém, intenso cheiro de suor, a poeira que ele ainda não lavara. Tudo a excitava, com as lembranças de seus músculos inflando a camisa quando ele trepara numa cerca em busca de um ângulo melhor. Ela conseguia se lembrar exatamente daquela cena, embora tivesse fingido para si mesma que não havia visto nada, que não sentira necessidade de ver nada.

Ela queria sua força. Não os músculos, mas a força interior que sentira desde o início. A força que o sustentara através de tudo o que ele havia visto, tudo o que havia vivido.

Entretanto, não era esta a força que o ajudara a ficar tão severo, a se separar emocionalmente das pessoas à sua volta? Com a cabeça girando, o corpo pulsando, ela lutava para encontrar a resposta de que precisava.

Desejos não eram suficientes. Não fora isso o que ela mesma dissera para ele? Deus, ela o desejava! Seus ossos se derretiam de desejo por ele. Mas não era o suficiente. Tudo o que queria era saber o que seria suficiente.

— Shade...

Quando ela tentou falar alguma coisa, ele a cortou com outro beijo, longo e esgotante.

Ela queria que ele a esgotasse. Mente, corpo, alma. Se ele o fizesse, não haveria nenhuma pergunta e não haveria necessidade de respostas. Mas as perguntas estavam lá. Mesmo com ele a abraçando daquela maneira, estavam lá.

— Shade — tentou novamente.

— Quero fazer amor com você. — Ele ergueu a cabeça, e seus olhos estavam tão nebulosos, tão intensos, que era quase impossível acreditar que suas mãos pudessem ser tão delicadas. — Quero sentir sua pele em minha mão, sentir seu coração disparar, olhar para os seus olhos.

As palavras eram tranquilas, incrivelmente calmas, ao passo que seus olhos eram pura paixão. Mais do que a paixão e o desejo em seus olhos, as palavras a assustaram.

— Não estou preparada para isso.

Afastando-se dele, ela quase não conseguiu proferir as palavras.

Ele sentiu o desejo crescer e a raiva se instalar. Precisou de toda a sua habilidade para controlar ambos.

— Você está dizendo que não me deseja?

— Não, não estou. — Ela balançou a cabeça enquanto ajeitava a camisa. Quando começara aquele frio todo?, ela perguntou a si mesma. — Não, mentir é tolice.

— Assim como evitar algo que ambos queremos que aconteça.

— Não sei se quero. Não consigo ser lógica nesse tipo de situação, Shade. — Ela juntou rapidamente as roupas e ficou abraçada a elas. — Não consigo pensar nesse tipo de assunto com a maneira metódica que você usa. Se eu conseguisse, seria diferente, mas só posso usar meus sentimentos, meus instintos.

Havia uma calma mórbida em torno dele quando se levantou. O controle que quase perdera para ela estava de volta. Uma vez mais, aceitava a prisão que construíra para si mesmo.

— E?

Ela tremeu, sem saber se era por causa do frio exterior ou do frio interior.

— E meus sentimentos me dizem que preciso de mais tempo. — Quando novamente levantou o olhar para ele, o rosto dela transmitia honestidade, e seus olhos estavam eloquentes. — Talvez eu queira que isso aconteça. Talvez esteja apenas um pouco amedrontada pela intensidade do meu desejo por você.

Ele não gostou dela ter usado a palavra amedrontada. Ela o fazia se sentir responsável, com obrigações. Na defensiva.

— Não tenho nenhuma intenção de magoá-la.

Ela deu a si própria alguns instantes. Sua respiração estava mais tranquila, embora a pulsação continuasse instável. Sabendo ou não disso, Shade já lhe dera a distância de que ela precisava para resistir a ele. Agora, ela conseguia olhá-lo com mais calma.

— Não, acho que não, mas poderia, e tenho um medo básico de hematomas. Talvez eu seja uma covarde emocional. Não é uma imagem agradável, mas pode ser verdade. — Com um suspiro, ela levou ambas as mãos ao cabelo e o jogou para trás. — Shade, temos ainda pela frente pouco mais de dois meses de viagem. Não vou suportar passar esse tempo me despedaçando internamente por sua causa. Meus instintos me dizem que você poderia facilmente fazer isso comigo, consciente ou inconscientemente.

Ela sabia como acuar um homem, pensou ele, frustrado. Ele poderia insistir, afrouxar o nó que ela apertara em seu estômago. E, ao fazer isso, ele correria o risco de ter as palavras dela ecoando em sua cabeça por muito tempo ainda. Só haviam sido necessárias algumas palavras dela para lembrá-lo como era se sentir responsável por outra pessoa.

— Volte para a van — disse ele e se virou para tirar a camisa. — Preciso me lavar.

Ela começou a falar, mas percebeu que não havia mais nada que pudesse falar. Em vez disso, ela o deixou e seguiu a trilha estreita e iluminada pela lua até chegar à van.

Capítulo 7

Campos de trigo. Ao passarem pelo Meio-Oeste, as preconcepções de Bryan não foram abaladas, mas reforçadas. O Kansas era um campo de trigo.

Tudo o que Bryan via ao cruzar o estado eram os ondulados e intermináveis trigais dourados que a cativaram de imediato. Cor, textura, forma, relevo. Emoção. Havia cidades, claro, cidades com edifícios modernos e casas suntuosas, mas, ao ver a cultura americana básica, com aqueles grãos tendo o céu como pano de fundo, Bryan via tudo.

Algumas pessoas poderiam achar um pouco monótona a contínua expansão da enorme onda de trigo sendo amadurecido pelo sol por quilômetros e quilômetros. Não havia nenhum relevo montanhoso, nenhum vistoso arranha-céu, nenhuma autoestrada cheia de curvas para quebrar a monotonia da paisagem. Havia espaço, tão espantoso quanto a extensão de terra do Arizona, porém, mais luxuriante e, de certa forma, mais calmo. Ela olhava e se maravilhava.

Nos campos de trigo e de milho, Bryan viu o coração e o suor do país. Nem sempre era uma cena idílica. Havia insetos, sujeira, máquinas encardidas. As pessoas ali trabalhavam com as mãos, com as costas.

Nas cidades, ela via o ritmo intenso e a energia. Nas fazendas, via a rotina que faria um executivo murchar. Ano após ano, o fazendeiro se entregava à terra e esperava que a terra lhe recompensasse.

Com o ângulo certo, com a iluminação apropriada, ela poderia fotografar um campo de trigo e fazê-lo parecer interminável, poderoso. Com as sombras do final da tarde, poderia dar uma sensação de serenidade e continuidade. Afinal, era apenas trigo, apenas talos crescendo para ser cortados, processados, utilizados. Mas o grão tinha vida e beleza próprias. Ela queria mostrá-las como as enxergava.

Shade via a tênue e inescapável dependência do homem em relação à natureza. O lavrador, o mantenedor e o coletor do trigo estavam irrevogavelmente presos à terra. Era, ao mesmo tempo, sua liberdade e sua prisão. O homem que estava dirigindo o trator sob o sol do Kansas, molhado de um saudável suor, com o corpo enxuto devido aos anos de trabalho, dependia da terra como a terra dependia dele. Sem o ser humano, o trigo cresceria de modo desordenado. Cresceria, mas definharia e morreria. Era essa a ligação que Shade sentia e a ligação que registraria.

Entretanto, pela primeira vez desde que haviam deixado Los Angeles, ele e Bryan não estavam fotografando como entidades separadas. Talvez ainda não tivessem percebido, mas suas emoções, percepções e necessidades os estavam conduzindo aos mesmos objetivos.

Cada um fazia o outro pensar. Como ela estaria vendo aquela cena? O que ele estaria achando daquele cenário? Onde ambos antes concebiam suas fotos separadamente, agora, de repente, inconscientemente, começaram a fazer duas coisas que melhorariam o resultado final: competir e pedir a opinião um do outro.

Haviam passado um dia e uma noite em Dodge City para as comemorações do Quatro de Julho, uma cidade típica do Velho Oeste. Bryan pensou em Wyatt Earp, em Doc Holliday e nos facínoras que deviam ter invadido a cidade diversas vezes, mas o que mais chamou sua atenção foi o desfile de rua que poderia estar sendo realizado em qualquer cidade dos Estados Unidos.

Foi ali, no meio da pompa e da distinção, que ela pediu a opinião de Shade sobre o melhor ângulo para fotografar um cavalo e o cavaleiro, e ele, por sua vez, usou o conselho dela para capturar uma pequenina tocadora de tambor vestida a caráter.

O estágio que ambos ultrapassaram não foi percebido por nenhum dos dois naquele momento. Mas ficaram lado a lado, encostados no parapeito com o desfile passando, a música soando e os bastões voando. As fotografias ficaram bem diferentes; Shade buscou uma visão geral dos desfiles, enquanto Bryan focou as reações individuais. Mas ficaram lado a lado.

O que Bryan sentia por Shade se tornara mais complexo, mais pessoal. Quando ou como a mudança começara, ela não saberia dizer. Mas, como seu trabalho era normalmente um resultado direto de suas emoções, as fotos que estava tirando começaram a refletir não só a complexidade, mas também a intimidade. As visões de ambos sobre o campo de trigo podiam ser radicalmente diferentes, mas Bryan estava determinada a garantir que, quando as fotos fossem colocadas lado a lado, a sua tivesse um impacto semelhante.

Ela nunca fora uma pessoa agressiva. Simplesmente não fazia seu estilo. Mas Shade introduzira nela uma necessidade de competir, como fotógrafa e como mulher. Se ela devia viajar várias semanas em contato íntimo com um homem que agredia seu profissionalismo e excitava seus desejos femininos, deveria lidar com ele diretamente, por conta dos dois. Diretamente, decidiu ela, mas a seu próprio modo e em seu próprio ritmo. À medida que os dias passavam, Bryan começava a se perguntar se seria possível ter, ao mesmo tempo, o sucesso e Shade sem perder alguma coisa vital.

Ela estava calma demais! Isso o levava à loucura. Cada dia e cada hora que passavam juntos conduziam Shade para mais perto de seu limite. Não estava acostumado a querer tanto uma pessoa. Não gostara de descobrir que podia, e que não havia nada que pudesse fazer a respeito. Bryan o colocara numa posição de desejar e, depois, ter de negar a si próprio. Havia momentos em que quase acreditava que ela agia assim de propósito. Mas jamais conhecera alguém tão pouco propensa a esquemas do que Bryan. Ela não pensaria nisso, e, se pensasse, acharia tudo uma chateação muito grande.

Agora, enquanto atravessavam o Kansas durante o crepúsculo, ela estava esticada ao seu lado, dormindo profundamente. Era uma das raras ocasiões em que ela deixava o cabelo solto. Normalmente cheio, ondulado e viçoso, naquele momento, ele não passava de um dourado tímido com a fraca luminosidade do anoitecer. O sol proporcionara a sua pele toda a cor de que precisava. Seu corpo estava relaxado, solto como o cabelo. Shade se perguntou se alguma vez tivera a capacidade de deixar sua mente e seu corpo ficarem em tal apatia. Seria isso o que o atraía, o que o motivava? Estaria ele sendo simplesmente empurrado a encontrar aquela centelha de energia que ela conseguia ligar e desligar ao seu bel-prazer? Ele queria resolver isso para a sua vida. Para si próprio.

Tentação. Quanto mais ele se continha, mais intenso o desejo ficava. Possuí-la. Explorá-la. Absorvê-la. Quando o fizesse... ele não mais usava o termo se... a que custo seria? Nada era de graça.

Uma vez, pensou enquanto ela suspirava no sono. Apenas uma vez. A seu modo. Talvez o custo fosse alto, mas não seria ele o encarregado de pagar. Suas emoções eram treinadas e disciplinadas. Não seriam tocadas. Não havia uma única mulher no mundo que pudesse magoá-lo.

Seu corpo e sua mente ficaram tensos assim que Bryan começou a acordar lentamente. Grogue e contente por estar assim, ela bocejou. O cheiro de fumaça e tabaco era perceptível no ar. No rádio, um tema jazzístico baixo e suave. As janelas estavam parcialmente abertas, e, quando ela mudou de posição, o golpe do vento a despertou mais rapidamente do que era de seu interesse.

Já estava completamente escuro. Surpresa, Bryan se espreguiçou e olhou pela janela para a lua crescente um pouco encoberta por nuvens.

— Já é tarde — disse ela, bocejando novamente. A primeira coisa que ela lembrou assim que sua mente clareou foi que não haviam comido. Passou a mão no estômago. — Jantar?

Ele a olhou por tempo suficiente para vê-la sacudindo o cabelo. Caiu pelos ombros e pelas costas. Enquanto observava, teve de combater o desejo de tocá-lo.

— Quero atravessar a fronteira ainda hoje.

Ela percebeu a tensão e a irritação na voz dele. Bryan não sabia o que desencadeara aquilo e, naquele momento, nem queria saber. Franziu a testa. Se ele estava com pressa de chegar a Oklahoma e disposto a dirigir a noite toda para chegar lá, problema dele. Montara um pequeno gabinete na parte de trás da van com itens essenciais exatamente para momentos como esse. Bryan estava começando a se encaminhar para lá quando ouviu uma buzina e um motor.

O velho e surrado Pontiac tinha um buraco tão grande no silencioso que dava até para enfiar uma bola de beisebol. O som do motor fazia um ruído semelhante ao de um avião malregulado. Ele deu uma guinada perto da van numa velocidade perigosa, oscilou de um lado para o outro e, depois, saiu em disparada com o rádio em alto volume. Enquanto Shade xingava, Bryan deu uma olhada rápida e percebeu que o carro caindo aos pedaços estava cheio de adolescentes.

— Noite de sábado no mês de julho — comentou ela.

— Idiotas — disse ele entre dentes, observando as luzes traseiras serpenteando à frente.

— São mesmo. — Ela franziu o cenho enquanto observava o carro em alta velocidade e soltando fumaça. — São só adolescentes, espero que eles não...

No exato momento em que ela pensava, aconteceu. O motorista resolveu apostar demais na sorte ultrapassando outro carro por cima da dupla linha amarela. O caminhão que vinha na direção dele buzinou e deu uma guinada. Bryan gelou.

Shade já estava pisando no freio quando o Pontiac derrapou. Mas já estava fora de controle. O Pontiac patinou para o lado, resvalou no para-lama do carro que estava tentando ultrapassar e bateu num poste telefônico.

O som de pneus derrapando, vidro quebrado e metal arrebentado girou na mente dela. Bryan já estava de pé do lado de fora da van antes mesmo de Shade parar por completo o veículo. Ela podia ouvir uma menina gritando, outras choramingando. Mesmo com o som ainda lhe dando arrepios, disse para si mesma que aquilo significava que estavam vivos.

A porta do lado do carona se arrebentara contra o poste telefônico. Bryan correu para o lado do motorista e deu um puxão na porta. Sentiu o cheiro de sangue antes de vê-lo.

— Meu Deus — sussurrou ela enquanto conseguia puxar a porta na segunda tentativa. Então Shade apareceu e a empurrou para o lado.

— Pegue alguns cobertores na van — ordenou ele, sem olhar para ela.

Ele só precisou dar uma olhada rápida para o motorista para saber que a coisa não seria nada bonita. Tentou bloquear o quanto pôde a visão de Bryan e, depois, foi verificar o pulso no pescoço do motorista enquanto a via voltar para a van. *Vivo*, pensou ele e, em seguida, se concentrou no que deveria ser feito. Trabalhou rapidamente.

O motorista estava inconsciente. O corte em sua cabeça era sério, mas não preocupou tanto Shade quanto a probabilidade de ferimentos internos. E nada o preocupava mais do que o cheiro de gasolina que começava a impregnar o ar. Em outras circunstâncias, Shade teria relutado em retirar o garoto. Ali, ele não tinha escolha. Prendeu os braços embaixo das axilas do garoto e o puxou para fora. No momento em que Shade começou a arrastá-lo, o motorista do caminhão apareceu e pegou as pernas do garoto.

— Tenho um radiocomunicador no caminhão — disse ele para Shade, quase sem fôlego. — Chamei uma ambulância.

Shade assentiu com a cabeça e pôs o garoto no chão. Bryan já estava lá com o primeiro cobertor.

— Fique aqui. O carro vai explodir. — Disse isso calmamente. Sem olhar para trás, voltou para o Pontiac destruído.

O terror a dominou. Em segundos, Bryan estava no carro ao lado dele, ajudando a tirar os outros acidentados.

— Volte para a van! — Shade gritou para Bryan enquanto ela carregava uma garota aos prantos. — Fique lá!

Bryan falou com tranquilidade, cobriu a garota com um cobertor e correu de volta para o carro. O último passageiro estava inconsciente. Um garoto, viu Bryan, de não mais do que 16 anos. Ela quase precisou engatinhar para alcançá-lo. No momento em que o puxou pela porta aberta, já estava molhada de suor e exausta. Shade e o motorista carregaram os outros passageiros feridos. Shade acabara de colocar uma menininha na grama quando se virou e viu Bryan em dificuldades com a última vítima.

O medo foi instantâneo e perturbador. Mesmo correndo, sua imaginação trabalhava. Em sua cabeça, Shade podia ver as labaredas da explosão, ouvir o som do metal estourando e se partindo e vidro voando pelos ares. Sabia exatamente como seria o cheiro que ficaria no ar no momento em que a gasolina entrasse em contato com o fogo. Quando alcançou Bryan, Shade ergueu o garoto inconsciente como se este não pesasse nada.

— Corra! — gritou ele para ela. Juntos, correram para longe do Pontiac.

Bryan não viu a explosão. Porém, ouviu; mais ainda, sentiu. Uma forte lufada de ar quente bateu em suas costas e fez com que se jogasse no acostamento. Ouviram um zumbido de metal no instante em que alguma coisa quente e retorcida voou sobre suas cabeças. Uma das adolescentes gritou e enterrou o rosto nas mãos dela.

Aturdida, Bryan ficou deitada de bruços por um momento, em busca de ar. Em meio ao barulho da explosão, ouviu o som de uma sirene.

— Você está ferida?

Shade deu um jeito de colocá-la de joelhos. Ele vira o pedaço de metal voando por cima de sua cabeça. As mãos, que estavam firmes como rocha momentos antes, tremiam ao segurá-la.

— Não. — Bryan balançou a cabeça e, reencontrando o equilíbrio, se voltou para a garota que choramingava a seu lado. Um braço quebrado, reparou ela ao ajeitar o cobertor embaixo do queixo da garota. E o corte na cabeça ia precisar de uns pontos. — Calma — murmurou Bryan e apanhou um pedaço de gaze do estojo de primeiros socorros que pegara da van. — Você vai ficar bem. A ambulância está chegando. Consegue me ouvir?

Enquanto falava, ela pressionava a gaze na ferida para estancar o sangramento. Sua voz estava calma, mas os dedos tremiam.

— Bobby. — Lágrimas desciam pelo rosto da garota enquanto ela se grudava em Bryan. — Bobby está bem? Ele estava dirigindo.

Bryan deu uma olhada em volta e, depois, olhou diretamente para Shade antes de mirar o garoto inconsciente.

— Ele vai ficar bem — disse ela e se sentiu desamparada.

Seis adolescentes desamparados, pensou, analisando o grupo que estava sentado ou deitado na grama. O motorista do outro carro estava sentado em frente a eles, atordoado, segurando um pedaço de pano em seu próprio ferimento. Por um momento, um longo e inerte momento, a noite ficou tranquila, quente, quase revigorante. Estrelas brilhavam no céu. O luar estava intenso e belo. Alguns metros adiante, o que restava do Pontiac estava em chamas. Bryan colocou o braço nos ombros da garota e observou as luzes da ambulância que chegava em alta velocidade.

Enquanto os paramédicos começavam a trabalhar, outra ambulância e o corpo de bombeiros foram chamados. Por vinte minutos, Bryan ficou sentada ao lado da garota, conversando com ela, segurando sua mão enquanto seus ferimentos eram examinados e tratados.

Seu nome era Robin. Tinha 17 anos. Dos seis adolescentes que estavam no carro, seu namorado, Bobby, era o mais velho, com 19 anos. Estavam apenas comemorando as férias de verão.

Enquanto a ouvia e a tranquilizava, Bryan levantou os olhos e viu Shade montando calmamente seu equipamento. Atônita, ela o observou focalizar e enquadrar os feridos com todo o cuidado. De modo desapaixonado, ele registrou a cena do acidente, as vítimas e o que restava do carro. Quando a surpresa arrefeceu, Bryan sentiu a raiva crescendo dentro de si. Quando Robin foi levada para a segunda ambulância, Bryan se pôs de pé.

— Que diabos você está fazendo?

Ela agarrou o ombro dele, o que o fez estragar uma foto. Mantendo a calma, Shade se voltou para ela e a analisou rapidamente.

Ela estava pálida. Seus olhos mostravam não só tensão, mas também raiva. E, pensou ele, um sombrio estado de choque. Pela primeira vez desde que a conhecera, Shade viu o quanto o corpo de Bryan podia ficar tenso.

— Estou fazendo o meu trabalho — disse ele com tranquilidade e reposicionou a câmera.

— Os garotos estão sangrando! — Bryan agarrou seu ombro de novo e girou o corpo até ficar cara a cara com ele. — Eles estão com alguns ossos quebrados. Estão feridos e assustados. Desde quando o seu trabalho é tirar fotos da dor que estão sentindo?

— Desde que escolhi a fotografia como meio de vida.

Shade baixou a câmera. De qualquer modo, já tirara muitas fotos. Não gostava da sensação que estava tendo, a tensão atrás dos olhos. Mas, principalmente, não estava gostando da maneira como Bryan olhava para ele. Repugnância. Ignorou aquilo.

— Tudo o que você deseja nesse projeto, Bryan, é tirar fotos de sol e diversão. Você viu o carro, aqueles garotos. Tudo isso também faz parte. Faz parte da vida. Se não consegue lidar com isso, é melhor ficar com suas fotos de celebridades e deixar o mundo real em paz.

Deu dois passos na direção da van, mas foi seguido por Bryan. Ela podia ter o hábito de evitar confrontos, escolher o mínimo de resistência possível, mas havia ocasiões em que partia para a luta. E, quando o fazia, usava todos os recursos.

— Posso lidar com isso. — Ela não estava mais pálida. Seu rosto brilhava de raiva, assim como os olhos. — Não posso lidar é com os urubus que adoram correr atrás da carniça alheia, lucrando com a miséria em nome da arte. Havia seis pessoas naquele carro. Pessoas — repetiu, enfurecida. — Talvez tenham agido de modo tolo, talvez tenham merecido o que aconteceu, mas juro por Deus que nunca os julgaria. Você acha que essa sua frieza, esse seu profissionalismo em congelar a dor que aquelas pessoas estão sentindo num pedaço de papel o tornam um fotógrafo melhor? É assim que espera receber outra indicação para o Pulitzer?

Agora, ela estava chorando, com muita raiva, abalada demais pelo que vira para notar as lágrimas que lhe escorriam pelo rosto. Contudo, as lágrimas a faziam parecer mais forte. Encorpavam e davam impacto a sua voz.

— Vou lhe dizer o que isso o torna — prosseguiu ela, enquanto Shade permanecia calado —, isso o torna vazio. Seja lá que tipo de compaixão possa ter nascido com você, Shade, morreu em alguma parte da sua vida. Sinto pena de você.

Ela o deixou ali, parado no meio da estrada.

Quase 3h da manhã. Shade aprendera que a mente estava sempre em seu maior grau de impotência nas primeiras horas da manhã. A van estava escura e quieta, estacionada num pequeno acampamento perto da fronteira de Oklahoma. Ele e Bryan não trocavam uma palavra desde o acidente. Cada um fora dormir em silêncio e, embora ambos tivessem ficado acordados por um tempo, nenhum dos dois falara nada. Agora, dormiam, mas apenas Bryan dormia sem sonhar.

Houve um tempo, durante os primeiros meses depois de seu retorno do Camboja, em que Shade tinha regularmente aquele sonho. Ao longos dos anos, foi se tornando cada vez mais raro. Frequentemente, conseguia se forçar a permanecer acordado para lutar contra o sonho antes de ele aparecer. Mas, agora, naquele pequeno acampamento em Oklahoma, estava impotente.

Sabia que estava sonhando. Assim que as figuras e formas começavam a aparecer em sua cabeça, Shade compreendia que não eram reais, que já não eram mais reais. Não evitava o pânico ou a dor. O Shade Colby no sonho experimentava as mesmas coisas que ele experimentara todos aqueles anos e que conduziam ao mesmo desfecho. E, no sonho, não havia nenhum elemento suavizante, nenhuma bruma para diminuir o impacto. Ele vivenciava tudo da maneira como havia acontecido, com excesso de luz.

Shade saiu do hotel em direção à rua com Dave, seu assistente. Entre eles, toda a bagagem e o equipamento. Estavam indo para casa. Depois de quatro meses de trabalho duro e quase sempre perigoso numa cidade devastada, destruída e em chamas, estavam indo para casa. Ocorrera a Shade que estavam se arriscando demais, mas ele já se arriscara demais antes. A cada dia que permaneciam, aumentava o risco de não poderem mais sair. Mas sempre havia mais uma foto a tirar, mais alguma coisa a dizer. E havia Sung Lee.

Ela era tão jovem, tão ávida, tão inteligente. Como contato na cidade, fora inestimável. Fora igualmente inestimável para Shade, pessoalmente. Depois da separação turbulenta e desagradável de uma mulher que queria mais glamour e menos realidade, Shade precisava daquele trabalho longo e difícil. E precisava de Sung Lee.

Ela era dedicada, doce, não exigia nada. Quando a levou para a cama, Shade finalmente conseguiu se distanciar do resto do mundo e relaxar. A única coisa que o desagradava ao pensar em voltar para casa era o fato de ela não estar disposta a deixar seu país.

Quando pisaram na rua, Shade estava pensando nela. Haviam se despedido na noite anterior, mas ainda pensava nela. Talvez, se não estivesse, tivesse percebido alguma coisa. Nos meses que se seguiram, ele se fez essa pergunta centenas de vezes.

A cidade era calma, mas não tranquila. A tensão no ar podia surgir a qualquer momento. Os que estavam de saída o faziam com pressa. No dia seguinte, as portas poderiam estar fechadas. Shade tirou uma última foto ao caminharem na direção do carro. Uma última foto, pensou ele, da calmaria antes da tempestade.

Falou algumas coisas com Dave e ficou lá, sozinho, em pé no parapeito, retirando a câmera do estojo. Riu quando Dave praguejou e lutou com a bagagem a caminho do carro. Apenas mais uma foto. A próxima vez em que tiraria uma foto seria em território americano.

— Ei, Colby! — Dave, jovem e dando um risinho, estava em pé do lado do carro. Parecia um universitário em férias. — Que tal tirar uma de um fotógrafo futuro vencedor de vários prêmios deixando o Camboja?

Rindo, Shade ergueu a câmera e enquadrou seu assistente. Ele se lembrava exatamente de sua aparência. Louro, bronzeado, meio magricela, com dentes tortos e uma camiseta da universidade em que estudava.

Ele tirou a foto. Dave girou a chave na porta do carro.

— Vamos para casa! — gritou seu assistente, um segundo antes do carro explodir.

— Shade, Shade! — Com o coração disparado, Bryan o sacudiu. — Shade, acorde, você está sonhando. — Ele a agarrou com tanta força que chegou a deixar marcas em seu braço, mas ela continuou a falar. — Shade, sou eu, Bryan. Você está tendo um sonho. Apenas um sonho. Estamos em Oklahoma, na sua van. Shade. — Ela pegou o rosto dele nas mãos e sentiu a pele fria e úmida. — É só um sonho — disse ela calmamente. — Tente relaxar. Eu estou aqui.

Sua respiração estava a mil. Shade se descobriu sem ar e se forçou a ficar calmo. Deus, estava gelado! Ele sentiu o calor da pele de Bryan em suas mãos, ouviu a voz dela, calma, baixa, tranquilizadora. Praguejou, deitou-se novamente e ficou à espera do tremor passar.

— Vou pegar água para você.

— Uísque.

— Tudo bem.

O luar garantia uma luminosidade suficiente para ela encontrar o copo de plástico e a garrafa. Serviu a bebida. Atrás de si, ouviu o barulho do isqueiro no momento em que ele acendia um cigarro. Quando Bryan se virou, ele estava sentado no assento que servia de cama, recostado na van. Não tinha nenhuma familiaridade com quaisquer dos traumas que assombravam Shade, mas sabia como acalmar pessoas nervosas. Deu-lhe o drinque e, sem perguntar, sentou ao lado dele. Esperou até que tivesse tomado o primeiro gole.

— Melhor?

Ele deu outro gole, maior.

— Estou.

Ela tocou levemente o braço dele, mas o contato foi estabelecido.

— Conte-me.

Ele não queria falar sobre aquilo com ninguém, nem com ela. Mesmo com a recusa tomando forma em seus lábios, ela intensificou o aperto no braço dele.

— Nós dois vamos nos sentir melhor se você contar. Shade... — Ela teve de esperar uma vez mais, dessa vez, para ele se virar e olhar para ela. A pulsação dela voltara ao normal, e também a dele, como pôde sentir segurando seu pulso. Mas Shade ainda suava um pouco. — Nada melhora ou acaba se você mantiver fechado dentro de si.

Ele mantivera por anos. E jamais acabara. Talvez jamais acabasse. Talvez fosse a compreensão suave na voz dela, ou a hora avançada, mas ele se pôs a falar.

Contou-lhe sobre o Camboja e, embora sua voz estivesse equilibrada, ela pôde ver o país da mesma forma como ele vira. A ponto de explodir, à beira da destruição, enraivecido. Longos e monótonos dias interrompidos por momentos de terror. Contou-lhe como ele, relutante, levara um assistente, e como, depois, aprendera a gostar e admirar o jovem recém-saído da universidade. E falou de Sung Lee.

— Cruzamos com ela num bar que a maioria dos jornalistas frequentava. Só muito tempo depois pude perceber como aquele encontro havia sido conveniente. Ela tinha 20 anos, era bonita, triste. Por quase três meses, nos deu várias dicas que, aparentemente, conseguia de um primo que trabalhava na embaixada.

— Você estava apaixonado por ela?

— Não. — Ele tragou o cigarro até não restar mais nada além do filtro. — Mas gostava dela. Queria ajudá-la. E confiava nela também.

Depositou o cigarro num cinzeiro e se concentrou na bebida. O pânico passara. Jamais teria imaginado que pudesse falar, ou mesmo pensar, sobre o assunto com tanta tranquilidade.

— As coisas começavam a esquentar, e a revista decidiu chamar a equipe de volta. Estávamos indo para casa. Na saída do hotel, parei para tirar algumas fotos. Como um turista. — Praguejou e acabou com o uísque. — Dave chegou antes no carro. Tinham colocado uma bomba.

— Ah, meu Deus!

Sem perceber, ela se aproximou dele.

— Ele tinha 23 anos. Carregava uma foto da namorada com quem ia se casar.

— Sinto muito. — Ela encostou a cabeça no ombro dele e o abraçou. — Sinto muito mesmo.

Retesou-se para receber a onda de solidariedade. Não estava preparado para isso.

— Tentei encontrar Sung Lee. Ela havia sumido; seu apartamento estava vazio. O que aconteceu foi que eu era o alvo dela. O grupo para o qual trabalhara deixara vazar algumas informações, de modo que eu pudesse ficar tranquilo e confiar nela. Tinham por objetivo chamar a atenção de todos mandando pelos ares um importante jornalista americano. Erraram o alvo comigo. Um fotógrafo-assistente em seu primeiro trabalho internacional não causava o mesmo impacto. O garoto morreu por nada.

E ele vira o carro explodir, pensou ela. Da mesma maneira como vira o carro explodir mais cedo. O que aquilo fizera com ele, na época e naquela noite? Seria por isso, ela se perguntou, que ele pegara a câmera com a maior calma do mundo e começara a fotografar o acidente? Ele estava totalmente determinado a não mais sentir.

— Você culpa a si mesmo — murmurou ela. — Não deveria.

— Ele era um garoto. Eu deveria ter cuidado dele.

— Como? — Ela mudou de posição, para ficar novamente cara a cara com ele. Seus olhos estavam nebulosos, cheios de um rancor frio e de frustração. Ela jamais esqueceria a aparência deles naquele momento. — Como? — repetiu ela. — Se você não tivesse parado para tirar aquelas fotos, teria entrado no carro com ele. Ele teria morrido de qualquer maneira.

— Verdade.

Subitamente cansado, Shade passou as mãos pelo rosto dela. A tensão havia passado, mas não a amargura. Talvez fosse disso que ele estivesse cansado.

— Shade, depois do acidente...

— Esqueça isso.

— Não. — Dessa vez, ela segurava as mãos dele. — Você estava fazendo o que tinha de fazer, por seus próprios motivos. Eu disse que não julgaria aqueles garotos, mas estava julgando você. Desculpe.

Ele não queria desculpas, mas Bryan as deu. Não queria que o absolvesse, mas ela o estava isentando de culpa. Já vira bastante, bastante!, o lado ruim da natureza humana. Ela estava lhe oferecendo a luz. Era tentador e, ao mesmo tempo, aterrorizante.

— Nunca verei as coisas como você — murmurou ele. Após um instante de hesitação, enlaçou os dedos nos dela. — Nunca serei tão tolerante.

Confusa, ela franziu a testa no momento em que se olharam.

— Não, acho que não. Não acho que deva.

— Você estava certa quando disse que a minha compaixão estava morta. Não tenho nenhuma. — Ela começou a falar, mas ele balançou a cabeça. — Não tenho nenhuma paciência, e sou muito pouco solidário.

Será que ele vê as próprias fotos?, imaginou ela. Não via a emoção cuidadosamente calculada que colocava nelas? Mas não disse nada, deixou-o levantar as questões que mais lhe conviessem.

— Parei, muito tempo atrás, de acreditar na intimidade, na genuína intimidade entre duas pessoas. Mas acredito em honestidade.

Ela deveria ter se afastado. Havia algo na voz dele que a alertava, mas permaneceu no mesmo lugar. Os corpos estavam próximos. Ela podia sentir o coração dele batendo num ritmo estável, ao passo que o dela começava a disparar.

— Creio que a continuidade dá certo para algumas pessoas. — Era mesmo sua voz dizendo isso?, ela perguntou a si mesma, tão calma, tão prática. — Parei de procurar isso para mim.

Não era isso o que ele queria ouvir? Shade baixou os olhos para as mãos unidas e imaginou por que as palavras dela o haviam deixado insatisfeito.

— Então, fica entendido que nenhum de nós deseja ou espera promessas.

Bryan abriu a boca, surpresa por querer discordar. Engoliu em seco.

— Sem promessas — conseguiu dizer. Precisava pensar, precisava ter distanciamento para lidar com aquela situação. Sorriu propositalmente. — Mas acho que um pouco de sono ia fazer bem a nós dois.

Ele apertou a mão dela com mais força quando ela fez menção de ir embora. Honestidade, dissera ele. Embora as palavras não fossem fáceis para ele, ele diria o que estava sentindo. Olhou para ela durante um bom tempo. O que restava do luar banhava o rosto de Bryan, deixando seus olhos na sombra. A mão dela, presa à dele, estava firme. A pulsação, não.

— Preciso de você, Bryan.

Tantas coisas que ele poderia ter dito, e para qualquer delas ela teria uma resposta. Desejos... não, desejos não eram suficientes. Já dissera para ele. Exigências podiam ser recusadas ou ignoradas.

Necessidades. Necessidades eram mais profundas, mais calorosas, mais fortes. Uma necessidade bastava.

Ele não se moveu. Esperou. Ao observá-lo, Bryan se deu conta de que Shade deixaria que ela tomasse a decisão de prosseguir ou recuar. Escolhas. Ele era um homem que as exigia para si mesmo ao mesmo tempo em que era capaz de fazê-las.

Como poderia saber que ela não teria nenhuma quando ele falasse?

Lentamente, ela afastou sua mão. Com a mesma lentidão, ergueu as mãos para o rosto dele e o beijou. Com os olhos abertos, trocaram um longo e tranquilo beijo. Foi algo que os dois se dispuseram a oferecer e a receber.

Ela oferecia, com suas mãos tocando com leveza a pele dele. Ela recebia, com sua boca calorosa e determinada. Ele aceitava. Ele dava. Então, no mesmo instante, ambos esqueceram as regras.

Os cílios dela desceram lentamente, seus lábios se abriram. Sem pensar, ele a puxou para si até que os corpos esmagassem um ao outro. Ela não resistiu; ao contrário, deslizou com ele do assento para o tapete.

Ela queria isso, o triunfo e a fraqueza de ser tocada por ele. Queria a glória de se deixar ir, de dar liberdade ao desejo. A boca faminta de Shade fazia com que ela não precisasse pensar em nada, não precisasse refrear nada do que estava desesperadamente querendo dar a ele. Somente a ele.

Pegue mais. Sua mente girava no sentido das exigências de seu corpo. Ela podia senti-lo arrancando sua camisa até deixar os ombros nus e vulneráveis à sua boca. Mais ainda. Ela passou as mãos pelas costas dele, nuas e quentes por causa da brisa noturna que entrava pelas janelas.

Ele não era um amante fácil. Bryan não sabia disso? Não havia nenhuma paciência nele. Shade não lhe dissera? Ela já sabia, mas já percebera também que jamais conseguiria relaxar com Shade. Ele a conduzia com rapidez e fervor. Enquanto experimentava tudo isso, não lhe restava tempo para sentir separadamente todas as sensações. Elas vinham em blocos, num redemoinho que dominava seu corpo.

Sabores... os lábios dele, a pele dele... sabor de escuridão. Aromas... flores, carne... doce e pungente. Texturas... o tapete roçando suas pernas, as duras carícias da palma da mão dele, o suave calor de sua boca. Sons... a batida de seu coração retumbando em sua cabeça, o murmúrio de seu nome no sussurro que saía da boca dele. Ela via sombras, luar, o brilho em seus olhos antes que a beijasse de novo. Tudo se misturava e se fundia até se tornar uma única sensação esmagadora. Paixão.

Ele baixou a camisa dela até prendê-la na altura dos braços. Por um instante, Bryan ficou totalmente desamparada enquanto ele deslizava os lábios pelos seios, parando para saboreá-los, saboreá-los intensamente, com lábios, língua, dentes. Algumas mulheres o achariam impiedoso.

Talvez tivesse sido o som do gemido que ouviu sair da boca de Bryan que o fez se demorar ali quando já estava preparado para se apressar em outras paragens. Ela era tão delgada, tão lisa. O luar, filtrado pela janela, permitia a ele identificar onde o bronzeado se transformava numa pele mais branca, mais vulnerável. Uma vez, ele já virara a cara para a vulnerabilidade, ciente de seus riscos. Agora ela o atraía, a suavidade dela. O aroma de Bryan estava lá, grudado aos seios, onde podia não só cheirá-los como saboreá-los. Sexy, tentador, sutil. Era exatamente como ela, e ele estava completamente perdido.

Sentiu que perdia o controle. Implacavelmente, ele o recuperou. Fariam amor uma vez, cem vezes naquela noite —, mas Shade manteria o controle. Como naquele instante, pensou ele, quando ela se colocava embaixo dele. Do jeito que ele prometera a si mesmo que sempre seria. Ele a conduziria, mas não seria, não poderia ser, conduzido por ela.

Retirou-lhe completamente a camisa e explorou cada centímetro dela, sem perdão. Não teria piedade. Já estava acima do pensamento, e ele sabia disso. A pele dela estava quente e, de alguma maneira, ficara ainda mais macia com o calor; seu aroma também se intensificou. Ele podia percorrer aquela boca, que se abria em beijos para ele, quando bem entendesse.

As mãos dela estavam livres. Energia e paixão consumiam freneticamente seu corpo. Ela vivenciou o primeiro êxtase, forte e ofegante. Agora, ela podia tocar; agora, podia enervá-lo, provocá-lo, enfraquecê-lo. Moveu-se rapidamente, exigindo quando ele esperava rendição. Foi repentino demais, atordoante demais permitir que ele abraçasse inteiramente a ideia. Mesmo chegando ao segundo clímax, ela percebeu a mudança nele.

Shade não tinha como parar. Ela não permitiria que ele recebesse sem dar. A cabeça dele estava imersa em devaneios. Embora tentasse clarear tudo, lutasse para se conter, ela seduzia. Não seu corpo, isso ele teria dado livremente. Ela seduzia a mente de Shade para seu próprio ritmo. A emoção o invadiu. Clara, quente, forte.

Com os corpos e as mentes unidos e entrelaçados, eles se conduziram às alturas.

Capítulo 8

Estavam ambos cautelosos. Nem Bryan nem Shade queriam dizer qualquer coisa que o outro pudesse compreender erradamente. Haviam feito amor, e para cada um deles, fora a coisa mais intensa, mais vital que jamais haviam experimentado. Tinham estabelecido as regras, e para cada um deles, a necessidade de segui-las era o mais importante de tudo.

O que acontecera os deixara um pouco mais do que aturdidos, e mais cautelosos do que nunca.

Para uma mulher como Bryan, acostumada a dizer o que queria, a fazer o que lhe agradava, não era fácil pisar em ovos 24 horas por dia. Mas haviam deixado isso bem claro um para o outro antes de fazerem amor, lembrou a si mesma. Sem complicações, sem compromissos. Sem promessas. Ambos haviam fracassado uma vez no mais importante dos relacionamentos, o casamento. Por que deveriam arriscar um novo fracasso?

Viajaram por Oklahoma, reservando um dia inteiro para um rodeio numa cidadezinha. Desde as comemorações do Quatro de Julho no Kansas, Bryan não se divertia tanto. Ela gostou de assistir à prova de calor, ao confronto dos homens com os animais e dos homens com os outros homens e com o relógio. Todos os que subiram num cavalo indomável ou num touro estavam determinados a permanecer até a campainha tocar.

Alguns eram jovens, outros, um pouco mais rodados, mas todos tinham a mesma meta, vencer e partir para a próxima prova. Ela gostou de ver que um jogo podia se transformar num estilo de vida.

Bryan não resistiu e comprou um par de botas de vaqueiro, com desenhos bordados e salto alto. Como a van era muito pequena para permitir que comprassem um sem-número de lembranças, ela se contivera até então. Mas não havia motivo para se martirizar com isso. As botas a deixaram feliz, mas resistiu a comprar para Shade um cinto de couro com uma gigantesca fivela de prata. Era exatamente o tipo de postura que ele não entenderia. Não, não dariam um para o outro nem flores, nem bugigangas, nem palavrinhas bonitas.

Ela dirigiu para o sul na direção do Texas, enquanto Shade lia o jornal ao seu lado. No rádio, ouvia-se uma irritante e despudoradamente sexy canção de Tina Turner.

O verão atingira o estágio em que o calor começava a entrar em ponto de ebulição. Bryan nem precisava ouvir o locutor da rádio anunciar que a temperatura estava em 35 graus e subindo, mas ela e Shade haviam combinado que não usariam muito o ar-condicionado nas longas viagens. Na estrada, a brisa era quase suficiente. Para se proteger, usava um sumário top e short, e ainda dirigia descalça. Pensou em Dallas e em quartos de hotel com ar-condicionado, lençóis geladinhos e colchões macios.

— Nunca estive no Texas — disse ela. — Não consigo imaginar um lugar com cidades uns cem quilômetros distantes umas das outras. Uma corrida de táxi até o centro deve custar uma semana de salário.

Shade virou a página do jornal.

— Se você mora em Dallas ou em Houston, tem um carro.

Era típico dele dar esse tipo de resposta curta e prática, e ela começava a aceitar isso.

— Estou contente por podermos parar alguns dias em Dallas para ampliar umas fotos. Já passou algum tempo lá?

— Um pouco. — Ele deu de ombros e pegou outra parte do jornal. — Dallas, Houston... essas cidades são o Texas. Grandes, espalhadas, ricas. Um monte de restaurantes mexicanos, hotéis de luxo e um sistema de autoestradas que enlouquece quem não conhece as cidades. É por isso que coloquei também San Antonio no roteiro. É algo bem diferente do resto do Texas. É elegante, serena, mais europeia.

Ela assentiu com a cabeça, olhando para os sinais na estrada.

— Você já trabalhou no Texas?

— Tentei morar em Dallas por alguns anos, entre um e outro período no exterior.

Ela ficou surpresa. Simplesmente não conseguia visualizá-lo em qualquer outro lugar que não fosse Los Angeles.

— E aí, gostou?

— Não é o meu estilo — disse ele. — Minha ex-mulher ficou por aqui e se casou com o petróleo.

Era a primeira vez em que ele fazia alguma referência ao seu casamento. Bryan enxugou as mãos úmidas no short e imaginou como lidar com a situação.

— Você não se incomoda de voltar?

— Não.

— O fato... — Ela parou, se perguntando se estava indo mais fundo do que devia.

Shade jogou o jornal para o lado.

— O quê?

— Bem, o fato de ela ter se casado novamente o incomoda? Você não relembra o passado tentando descobrir o que deu errado?

— Sei o que deu errado. Não tem sentido ficar pensando no assunto. Depois que você admite que cometeu um erro, é preciso seguir em frente.

— Eu sei — ela endireitou os óculos de sol. — É que, às vezes, fico imaginando por que algumas pessoas conseguem ser tão felizes vivendo juntas, enquanto outras são tão infelizes.

— Algumas pessoas simplesmente não combinam umas com as outras.

— E, mesmo assim, sempre parece que combinam, até que o casamento acaba.

— Casamento não dá certo para alguns tipos de pessoas.

Nós, por exemplo?, Bryan perguntou a si mesma. Afinal, ambos haviam fracassado nisso. Talvez ele estivesse certo, e tudo fosse simples assim.

— Eu estraguei o meu — comentou ela.

— Você sozinha?

— Parece que sim.

— Então, você ferrou com tudo e se casou com o sr. Perfeito.

— Bem, eu... — Ela levantou os olhos e percebeu que ele a observava, com uma sobrancelha levantada e um suave olhar de expectativa no rosto. Ela esquecera que ele podia diverti-la, além de magoá-la. — Sr. Quase Perfeito, para falar a verdade.

— Ela deu um risinho. — Teria sido mais inteligente da minha parte procurar alguém com defeitos.

Depois de acender um cigarro, ele descansou os pés no painel, como Bryan sempre fazia.

— E por que não procurou?

— Eu era muito jovem para perceber que seria mais fácil lidar com defeitos. E eu o amava. — Ela não havia percebido quanto era tranquilo dizer isso, colocar tudo no passado. — Amava de verdade — murmurou ela. — De um jeito ingênuo e romântico. Na época, não percebi que teria de fazer uma escolha entre a visão que ele tinha do casamento e o meu trabalho.

Ele entendia perfeitamente. Sua mulher não fora cruel, não fora vingativa. Simplesmente queria coisas que ele não podia dar.

— Quer dizer que você se casou com o sr. Quase Perfeito, e eu me casei com a sra. Alpinista Social. Eu queria tirar fotos importantes e ela queria entrar de sócia no Country Club. Nada de errado com nenhuma das metas... só que elas não se misturam.

— Mas, às vezes, não se arrepende por não ter conseguido fazer com que as coisas se encaixassem?

— Sim. — A resposta saiu de modo inesperado, surpreendendo muito mais a ele do que a ela. Não havia percebido que tinha arrependimentos. Não se permitira ter. — A gasolina está acabando — disse abruptamente. — Vamos parar na próxima cidade para abastecer.

Bryan ouvira falar de cidades equestres, mas nada se encaixava mais perfeitamente na frase do que o tropel de cavalos perto da fronteira de Oklahoma com o Texas. Tudo parecia estar empoeirado e amortecido pelo calor. Até mesmo os edifícios pareciam cansados. O estado podia estar rico por causa do petróleo e do crescimento, mas este cantinho ficara de lado.

Por hábito, Bryan pegou a câmera assim que saiu para esticar as pernas. Quando contornou a van, o frentista jovem e magricela arregalou os olhos para ela. Shade viu o olhar intenso do garoto e o sorriso no rosto de Bryan antes de entrar na pequena loja refrescada por ventiladores que ficava atrás das bombas de gasolina.

Bryan encontrou um pequeno jardim cercado do outro lado da rua. Uma mulher com um vestido caseiro de algodão e um avental escurecido regava o colorido espaço, um grupo de amores-perfeitos ao longo da casa. A grama estava amarela, queimada pelo sol, mas as flores estavam viçosas e frondosas. Talvez fossem tudo o que a mulher necessitava para ficar contente. A cerca precisava de uma pintura urgente, e a porta de tela que dava para a casa estava com diversos buracos, mas as flores eram um oásis resplandecente e alegre. A mulher ria enquanto regava.

Grata por ter pegado a câmera com o filme colorido, Bryan tentou diversos ângulos. Queria pegar a madeira da casa, envelhecida e gasta pelo sol, e o gramado manchado, ambos contrastando com aquele buquê de esperança.

Insatisfeita, mudou novamente de posição. A luz estava boa, as cores, perfeitas, mas a foto saíra equivocada. Por quê? Deu um passo para trás e enquadrou tudo uma vez mais, fazendo a si mesma todas as perguntas relevantes. O que estou sentindo?

Então, encontrou a solução. A mulher não era necessária, apenas uma ilusão dela. Sua mão segurando o regador, nada mais. Ela podia ser qualquer mulher, em qualquer lugar, necessitando de flores para completar sua casa. As flores e a esperança que elas simbolizavam eram a parte importante, e foi isso o que Bryan finalmente registrou.

Shade saiu da loja com uma sacola de papel. Viu Bryan do outro lado da rua, testando ângulos. Contente de esperar, colocou a sacola na van e pegou a primeira lata gelada antes de se virar para pagar o frentista. O garoto, reparou Shade, estava tão ocupado olhando para Bryan que quase não dava conta de girar a bomba de gasolina.

— Legal a sua van — comentou ele, mas Shade não imaginou que ele tivesse olhado para o carro.

— Obrigado.

Ele fez com que seu olhar seguisse o do garoto até chegar no de Bryan. Não conseguiu evitar o riso. Ela era uma visão que chamava bastante a atenção, naquela amostra de tecido que ela chamava de short. Aquelas pernas, meditou ele. Pareciam começar na cintura e seguir sem parar. Agora, ele sabia como elas eram sensíveis; na parte interior do joelho, pouco acima do tornozelo, na pele quente e lisa no alto da coxa.

— Você e sua mulher estão indo para longe?

— Hein?

Shade se esquecera do frentista, fascinado que ficara com Bryan.

— O senhor e a senhora — repetiu o garoto, suspirando um pouco ao contar o troco de Shade — estão indo para longe?

— Dallas — murmurou ele. — Ela não é... — Ele começou a corrigir o erro do garoto em relação a seu estado civil, mas parou. A senhora. Palavra curiosa e, de certa forma, atraente. Pouco importava que um garoto numa cidade de fronteira pensasse que Bryan pertencia a ele. — Obrigado — disse ele, apático e, guardando o troco no bolso, foi ao encontro dela.

— Chegou na hora certa — disse ela, atravessando a rua. Encontraram-se no meio da rua.

— Descobriu alguma coisa?

— Flores. — Ela sorriu, momentaneamente esquecida do sol inclemente. Se inspirasse fundo, podia senti-las além de toda aquela poeira. — Flores num lugar insólito. Acho que... — Ela sentiu as palavras restantes deslizarem de volta para a boca no instante em que ele se aproximou e tocou seu cabelo.

Ele jamais tocava nela, não de forma casual. A menos que estivessem fazendo amor, mas, nesse caso, não era nunca casual. Nunca havia nenhuma roçada de mãos, nenhum aperto delicado. Nada. Até aquele momento, no meio daquela rua, entre um jardim ressecado e um posto de gasolina imundo.

— Você é linda. Às vezes, isso me deixa aturdido.

O que ela poderia falar? Ele nunca falava palavras suaves. Agora, elas escapavam em ondas, enquanto os dedos lhe acariciavam o rosto. Os olhos dele estavam tão nebulosos. Não fazia a menor ideia do que via quando olhava para ela, ou do que ele sentia. Jamais perguntara. Talvez, pela primeira vez, ele estivesse lhe dando a oportunidade, mas ela não conseguia falar, apenas olhar.

Ele talvez lhe dissesse que via honestidade, gentileza, força. Talvez lhe dissesse que sentia desejos que estavam ultrapassando todas as fronteiras que estabelecera entre ele e o resto do mundo. Se ela tivesse perguntado, ele talvez tivesse dito que ela estava operando uma diferença em sua vida que ele não previra, mas que não podia mais evitar.

Pela primeira vez, ele se inclinou para beijá-la, com uma delicadeza incomum. O momento exigia isso, embora não estivesse certo do motivo. O sol estava quente e forte, a estrada, empoeirada, e o cheiro de gasolina, intenso. Mas o momento exigia delicadeza da parte dele. E ele deu, surpreso de poder oferecer aquilo.

— Eu dirijo — murmurou ao pegar as mãos dela. — É uma longa viagem até Dallas.

Os sentimentos dele haviam mudado. Não por causa da cidade para onde estavam se dirigindo, mas por causa da mulher sentada ao seu lado. Dallas mudara desde que morara lá, mas Shade sabia por experiência própria que a cidade parecia estar sempre em mudança. Apesar de ter vivido lá por um curto período, a sensação que tivera fora a de que um prédio novo parecia surgir de um dia para o outro. Hotéis, edifícios comerciais, apareciam onde houvesse espaço, e Dallas parecia ter uma interminável oferta de espaço. A arquitetura tendia para o futurístico; vidro, espirais, pináculos. Mas não era necessário procurar muito para encontrar aquele característico sabor do sudoeste. Homens usavam chapéus de vaqueiro com a mesma facilidade com que usavam terno e gravata.

Eles concordaram em ficar num hotel no centro da cidade, porque de lá podiam ir a pé para o laboratório que haviam alugado por dois dias. Enquanto um fazia trabalho de campo, o outro se utilizava do equipamento para revelar e ampliar. Depois, trocavam de posição.

Bryan olhou para o hotel com uma quase reverência assim que pararam o carro em frente. Água quente, travesseiros de pena. Serviço de quarto. Ela desceu do carro e começou a tirar sua parte de equipamento e bagagem.

— Mal posso esperar — disse ela, pegando outra caixa e sentindo o suor escorrendo pelas costas. — Vou me jogar na banheira. De repente, até durmo nela.

Shade pegou seu tripé, depois, o dela.

— Você quer uma só sua?

— Só minha?

Ela ajeitou a alça da bolsa num dos ombros.

— Uma banheira só sua.

Ela levantou os olhos e viu o olhar dele, calmo e questionador. Ele não admitiria que fossem dividir um quarto de hotel como dividiam a van. Podiam ser amantes, mas a falta de obrigações ainda era muito, muito clara. Sim, haviam acertado que não haveria promessas, mas talvez já fosse o momento dela dar o primeiro passo. Inclinou a cabeça e sorriu.

— Depende.

— De quê?

— De você concordar em lavar as minhas costas.

Ele deu um de seus raros sorrisos espontâneos no instante em que ela pegava o restante da bagagem.

— Parece razoável.

Quinze minutos depois, Bryan jogou suas caixas no quarto do hotel. Com a mesma negligência, tirou os sapatos. Nem se importou de ir até a janela dar uma olhada na vista. Haveria tempo para isso mais tarde. Havia um aspecto vital do quarto que exigia atenção imediata. Caiu na cama.

— Divina — disse ela e fechou os olhos para suspirar. — Totalmente divina.

— Algum problema com seu assento na van?

Shade empilhou seu equipamento num canto antes de abrir a cortina.

— Nenhum. Mas há um mundo de diferença entre um assento de van e uma cama. — Rolou na cama e ficou deitada de costas, esticada em diagonal. — Está vendo? É simplesmente impossível fazer isso num assento de van.

Ele olhou com suavidade para ela enquanto abria sua maleta.

— Você também não vai conseguir fazer isso na cama dividindo-a comigo.

A mais pura verdade, pensou ela enquanto o observava abrir as malas metodicamente. Olhou com distanciamento para sua própria maleta. Aquilo podia esperar. Com o mesmo entusiasmo que tivera quando vira a cama, Bryan se levantou.

— Banho quente — disse ela, e desapareceu no banheiro.

Shade colocou seu kit de barbear na cômoda enquanto ouvia o som da água correndo. Parou por um momento e ficou escutando. Bryan já estava começando a cantarolar. A combinação de sons era estranhamente íntima; a voz baixa de uma mulher, o barulho da água. Estranho como algo tão trivial podia excitá-lo tanto.

Talvez tivesse sido um erro pegar apenas um quarto de hotel. Não era exatamente a mesma coisa que compartilhar a van num acampamento. Ali, eles teriam uma chance, uma chance de privacidade e distância. Antes do dia terminar, meditou ele, os pertences dela estariam todos espalhados pelo chão. Não era característica dele aceitar livremente a desordem. Mas havia aceitado.

Levantou os olhos e se viu no espelho, um homem moreno com corpo e rosto magros. Olhos um pouco severos demais, boca um pouco sensível demais. Estava acostumado demais com seu próprio reflexo no espelho para imaginar o que Bryan via quando olhava para ele. Ele via um homem com uma aparência fatigada demais e que precisava se barbear. E não queria imaginar, embora estivesse olhando para si mesmo como um artista olha para seu modelo, se estava vendo um homem que já dera o passo definitivo e incontornável em direção à mudança.

Shade olhou para o rosto dele, refletido no quarto do hotel. Ali estavam as caixas de Bryan e os sapatos que carregara para lá. Num rompante, imaginou que tipo de imagem sairia se pegasse sua câmera e tirasse uma foto de seu reflexo e do quarto com todas aquelas coisas atrás de si. Sepultou a ideia, atravessou o quarto e caminhou na direção do banheiro.

A cabeça dela se moveu, nada além disso. Embora sua respiração tenha ficado em suspenso quando ele entrou, Bryan manteve o corpo parado e submerso. Aquele tipo de intimidade era novo e a deixava vulnerável. Tola, desejou ter preparado uma camada de espuma para garantir algum simbolismo.

Shade se recostou na pia e a observou. Se fizera planos para se lavar, não estava com a menor pressa. O pequeno pedaço de sabonete continuava embalado em seu lugar e ela, deitada nua na banheira. O fato de que aquela era a primeira vez em que ele realmente a via com luz suficiente chamou a atenção de Shade. O corpo era uma linha longa e sedutora. O banheiro era pequeno e estava enfumaçado. Ele a desejava. Shade se perguntou se um homem podia morrer de desejo.

— Como está a água?

— Quente.

Bryan disse para si mesma que deveria relaxar, agir com naturalidade. A água que a mantivera entretida começava a excitá-la.

— Bom.

Calmamente, ele começou a tirar a roupa.

Bryan abriu a boca, mas fechou novamente. Jamais o vira se despir. Sempre haviam mantido o estrito código de ética. Quando acampavam, cada um trocava de roupa no chuveiro.

Desde que haviam se tornado amantes, tinham se tornado vítimas de um irrefreável ímpeto ao final de cada dia. Cada um se despindo e despindo o outro na escuridão da van enquanto faziam amor. Agora, pela primeira vez, poderia ver seu amante revelar o corpo para ela com a maior naturalidade.

Sabia como ele era. Suas mãos lhe haviam ensinado. Mas era uma experiência completamente diferente visualizar os declives, os contornos. Atlético, pensou ela, como um maratonista ou um corredor de obstáculos. Supôs que era suficientemente apropriado. Shade sempre esperaria o próximo obstáculo, preparado para superá-lo.

Ele deixou as roupas na pia, mas não fez nenhum comentário quando foi obrigado a pular por cima das delas, que estavam espalhadas pelo chão.

— Você disse algo sobre eu lavar suas costas — comentou ele, encaixando-se atrás dela. Então, praguejou levemente, reclamando da temperatura da água. — Você gosta de perder algumas camadas de pele quando toma banho?

Ela riu, relaxou e mudou de posição para melhor acomodá-lo. Quando o corpo dele deslizou e se grudou no dela, ela concluiu que havia algo de bom nas banheiras pequenas. Satisfeita, aconchegou-se nele, o que, primeiro, o surpreendeu e, depois, o agradou.

— Somos um pouco compridos demais — disse ela, ajustando as pernas —, mas o fato de sermos magros até ajuda.

— Continue comendo. — Não resistiu ao desejo de beijá-la no alto da cabeça. — Cedo ou tarde, a gordura aparece.

— Nunca apareceu. — Ela passou a mão ao longo de sua coxa e foi em direção ao joelho. Uma carícia leve e despretensiosa que quase o levou à loucura. — Prefiro acreditar que queimo calorias pensando. Mas você...

— Eu?

Com um suave suspiro, Bryan fechou os olhos. Ele era tão complexo, tão... intenso. Como poderia ela explicar isso? Ela sabia tão pouco sobre as coisas que ele vira e pelas quais passara. Somente um incidente isolado, pensou ela. Somente uma cicatriz. Ninguém precisava lhe dizer que existiriam outras.

— Você é bastante corpóreo — disse ela por fim. — Até mesmo o seu padrão de pensamento possui uma força física inerente a ele. Você não relaxa. É como... — Ela hesitou por um instante e, então, mergulhou. — É como se fosse um lutador de boxe. Mesmo entre um assalto e outro, você se mantém tenso esperando a luta recomeçar.

— A vida é assim, não é? — Mas ele se descobriu acariciando o pescoço de Bryan com um dedo. — Uma longa partida. Você dá uma respirada rápida e, depois, volta para a dança.

— Nunca olhei as coisas dessa maneira. É uma aventura — disse ela, lentamente. — Às vezes, não tenho energia para isso, e fico sentada olhando todos os outros saírem à luta. Talvez tenha sido por isso que eu quis ser fotógrafa, para poder pegar pedacinhos da vida e mantê-los comigo. Pense nisso, Shade.

Ela mudou levemente de posição e virou a cabeça para poder fitá-lo.

— Pense nas pessoas que encontramos, os lugares que vimos, onde estivemos. E só estamos na metade do caminho. Aqueles vaqueiros — começou ela, os olhos brilhando. — Tudo o que eles queriam era um pouco de tabaco, um cavalo mal-humorado e um punhado de céu. O fazendeiro do Kansas, dirigindo seu trator no calor do dia, suando e penando e avistando hectares e mais hectares de sua terra. Crianças brincando de amarelinha, velhos cuidando de hortas domésticas ou jogando damas no parque. A vida é isso. São mulheres com seus bebês no colo, jovens se bronzeando na praia e crianças se divertindo dentro de piscinas de plástico no quintal.

Ele tocou o rosto dela.

— Você acredita nisso?

Ela acreditava? Parecia tão simplista... idealista?, pensou ela. Franziu a testa e observou a fumaça subindo.

— Acredito que temos de pegar o que há de bom em cada coisa, o que existe de belo, e ir nessa direção. Com o resto, temos de lidar, mas não a cada minuto de cada dia. Aquela mulher de hoje...

Bryan se encostou novamente, sem ter certeza de por que era tão importante para ela lhe dizer aquilo.

— Aquela na casa do outro lado do posto de gasolina. O jardim dela estava queimando ao sol. A pintura da cerca estava descascando. Vi que ela tinha artrite. Mas estava regando as flores dela. Talvez tenha morado a vida toda naquela casinha. Talvez nem saiba o que é entrar num carro novo e sentir aquele cheiro de couro, ou viajar de primeira classe num avião, ou fazer compras numa loja de departamentos sofisticada. Ela plantou, cultivou e cuida daquelas flores porque isso lhe dá prazer. É algo de valor para ela, um pontinho brilhante quase insignificante para onde ela pode olhar e sorrir. Talvez isso seja suficiente.

— Flores não nascem em qualquer lugar.

— Nascem, sim. Basta querer.

Soou verdadeiro quando ela disse. Soou como algo no qual ele gostaria de acreditar. Inconscientemente, encostou o rosto no cabelo dela. Estava úmido, quente e macio. Ela o fazia relaxar. Apenas estar com ela, ouvi-la falar já soltava alguma coisa nele. Mas se lembrou das regras, as que ambos haviam concordado em respeitar. Vá com calma, lembrou a si mesmo. Pegue leve.

— Você sempre tem discussões filosóficas na banheira?

Ela franziu os lábios. Era tão raro e tão gratificante ouvir aquele toque de humor na voz dele.

— Acho que, se é para ter uma, é melhor que seja num lugar confortável. Agora, com relação às minhas costas...

Shade pegou o sabonete.

— Você quer o primeiro turno do laboratório amanhã?

— Hum... — Ela se inclinou à frente, esticando-se enquanto ele passava o sabonete em suas costas. O dia seguinte estava muito distante para se preocupar. — Tudo bem.

— Você pode ficar lá das oito ao meio-dia.

Ela pensou em discordar do horário, cedo demais para ela, mas desistiu. Algumas coisas simplesmente nunca mudavam.

— O que você vai... — A pergunta virou um suspiro no momento em que ele esfregou sua cintura e subiu até o pescoço. — Eu gosto de ser mimada.

A voz dela estava sonolenta, mas ele passou o sabonete no mamilo e sentiu o imediato tremor. Ele passava o sabonete nela em movimentos circulares e firmes, cada vez indo mais para baixo, mais para baixo, até que todo o relaxamento cessou. Abruptamente, ela girou e o prendeu abaixo de si, sua boca fixa na dele. As mãos passeavam rapidamente pelo corpo dele, levando-o ao limite antes que pudesse estar preparado.

— Bryan...

— Eu adoro tocar em você.

Ela deslizou a boca para baixo, na direção do peito, saboreando a carne e a água. Deu pequenas mordidas, ouvindo o ribombar do coração, depois, passou o rosto pela carne molhada apenas para sentir, apenas para experimentar. Ela o sentiu estremecer e ficar imóvel por um instante. Quando fora a última vez em que permitira que alguém fizesse amor com ele?, ela se perguntou. Talvez, dessa vez, ela não lhe desse escolha.

— Shade. — Ela deixou as mãos percorrerem o que bem entendessem. — Venha para a cama comigo.

Antes que ele pudesse responder, Bryan se levantou. Enquanto a água escorria de seu corpo, ela sorriu e lentamente soltou o cabelo. Depois, o sacudiu e pegou uma toalha. Parecia que não tinham mais nenhuma palavra a dizer.

Esperou ele sair da banheira, pegou outra toalha e o esfregou ela mesma. Shade não fez nenhuma objeção, mas ela sentiu que ele começava a restaurar sua muralha emocional. Não dessa vez, pensou ela. Dessa vez, seria diferente.

Enquanto o enxugava, observava seus olhos. Não conseguia ler seus pensamentos, não conseguia enxergar por trás do desejo. Por enquanto, era suficiente. Pegou a mão dele e caminharam juntos para a cama.

Ela o amaria dessa vez. Pouco importava a força, a urgência do desejo, ela lhe mostraria tudo que ele a fazia sentir. Lentamente, já abraçada a ele, deitou-se na cama. Assim que afundou no colchão, as bocas se encontraram.

O desejo não diminuíra. Rasgava-o ao meio. Mas, dessa vez, Shade não conseguia exigir, não conseguia enquadrá-la em seu ritmo. Ela o estava saciando com o luxo de ser adorada. Seus lábios o pegavam firme, mas lentamente. Aprendeu com ela que a paixão podia ser construída, camada após camada, até que não houvesse nada mais. Eles recendiam ao banho que haviam tomado juntos, ao sabonete que passara da pele dele para a dela. Ela parecia satisfeita por inspirar aquele aroma, inalá-lo, expeli-lo, enquanto o levava calmamente à loucura.

Era um prazer indescritível poder vê-lo à luz do entardecer. Nenhuma escuridão, nenhuma sombra. Fazer amor na luz, livre e sem barreiras era algo pelo qual ela sequer sabia que ansiava. Os ombros dele ainda estavam úmidos. Ela podia ver o brilho da água neles, sentir o gosto. Quando as bocas se encontraram, ela pôde ver os olhos dele e enxergar o desejo que ecoava o que ela própria estava sentindo. Nisso, os dois eram uma coisa só, disse para si mesma. Nisso, mesmo que em nada mais, eles se entendiam.

E quando a tocou, quando viu o olhar dele seguir a trilha de sua mão, ela tremeu. Desejos, dele e dela, colidiram, estremeceram e, depois, se fundiram novamente.

Havia mais ali do que tinham permitido um ao outro antes. Afinal, aquilo era intimidade, conhecimento compartilhado, prazer compartilhado. Ninguém conduzia, ninguém retinha. Pela primeira vez, Shade jogou fora todo o fingimento que mantinha aquela tênue barreira emocional entre eles. Ela o preenchia, o completava. Dessa vez, ele a desejava, por inteiro, mais do que jamais desejava qualquer coisa em sua vida. Desejava o humor dela, a alegria, a delicadeza. Ele desejava acreditar que isso podia fazer diferença.

O sol descaía nos vívidos e penetrantes olhos de Bryan, realçando-os da maneira que ele uma vez imaginara. A boca era macia, dócil. Acima dele, o cabelo dela caía, livre e selvagem. O sol parecia se grudar na pele Bryan, envolvendo-a com um brilho dourado. Talvez ela fosse algo que existia apenas em sua imaginação; mulher, magra, ágil e primitiva, mulher sem limitações, que aceitava suas próprias paixões. Se ele a fotografasse assim, a reconheceria? Teria condições de recapturar as emoções que ela o fazia sentir?

Então, ela jogou a cabeça para trás e ficou jovem, vibrante, acessível. Ele conheceria aquela mulher, reconheceria aquela sensação, mesmo que ficasse sozinho por décadas. Não precisaria de nenhuma foto para se lembrar daquele espantoso instante de mútuo prazer.

Shade a aproximou ainda mais. Desejava-a ainda mais. *Você*, pensou ele, atordoado, enquanto os corpos se fundiam e os pensamentos se confundiam. *Apenas você*. Ele observou os olhos dela se fecharem lentamente enquanto se entregava a ele.

Capítulo 9

— Eu podia me acostumar com isso.

Com a câmera no colo, Bryan se esticou na piroga, a pequena canoa nova em folha, que haviam tomado emprestada de uma família que residia no braço do rio. Alguns quilômetros adiante ficava a animada cidade de Lafayette, no estado da Louisiana, mas ali havia uma visão mais entorpecida do verão.

Abelhas zumbindo, sombras se espalhando, pássaros trinando. Libélulas. Uma delas voou por perto, rápida demais para a câmera, mas numa velocidade suficiente para ser admirada. Liquens podiam ser vistos por todos os lados, fazendo sombra e mergulhando no rio, à medida que a água se mexia lentamente. Por que pressa? Era verão, os peixes estavam lá para ser pescados, as flores estavam lá para ser colhidas. Ciprestes surgiam da água, e, eventualmente, um sapo se agitava o suficiente para se jogar na água e nadar um pouco.

De fato, por que pressa? A vida estava lá para ser aproveitada.

Como Shade dissera uma vez, Bryan se adaptava. Na correria de Dallas, ela trabalhara por longas horas no laboratório e nas ruas. Exclusivamente a trabalho. Quando necessário, ela podia ser eficiente, rápida e ativa. Mas ali, onde o ar era pesado e a vida, vagarosa, ela estava contente de estar deitada com as pernas cruzadas, à espera de qualquer coisa que viesse a acontecer.

— Deveríamos estar trabalhando — apontou ele.

Ela sorriu.

— E não estamos? — Enquanto fazia movimentos circulares com os pés da forma mais preguiçosa possível, desejou que tivessem pensado em tomar emprestada também uma vara de pescar. Como seria pescar um bagre? — Tiramos dezenas de fotos antes de entrarmos no barco — lembrou ela.

Tinha sido ideia dela fazer aquele desvio no braço do rio, embora estivesse quase certa de que ele a superara com as fotos que tirara da família que os acolhera. Ela podia até tê-los seduzido para que emprestassem o barco, mas Shade vencera apenas com as fotos.

— Aquela que você tirou da sra. Bienville debulhando feijões deve estar fabulosa. As mãos dela. — Bryan balançou a cabeça e relaxou. — Nunca vi mãos assim em mulher nenhuma. Imagino que ela seja capaz de fazer o mais refinado dos suflês logo depois de ter cortado uma árvore.

— Os descendentes dos franceses que moram aqui nessa região têm um estilo de vida bem característico e regras bem próprias.

Ela inclinou a cabeça, analisando-o.

— Você gosta disso.

— Gosto, sim. — Ele remava, não porque precisavam chegar a algum lugar, mas porque era bom demais. Aquecia seus músculos e relaxava sua mente. Ele quase sorriu, pensando que estar com Bryan possibilitava quase a mesma sensação. — Gosto da independência e do fato de ela funcionar

Bryan se deitou, ouvindo o ruído dos insetos, os sons do rio. Haviam caminhado ao longo de outro rio em San Antonio, mas os sons eram diferentes lá. Música espanhola suave, barulho de prata batendo em porcelana nos cafés. Era fabuloso à noite, lembrou ela. As luzes brilhavam na água, a água que vinha em pequenas ondas feitas pelos táxis fluviais, os táxis que estavam cheios de pessoas contentes com a versão texana da gôndola. Ela tirara uma foto de dois amantes, talvez recém-casados, agarrados um ao outro numa das pontes de pedra sobre o rio.

Quando foram para Galveston, ela vira ainda um outro Texas, um com praias de areias brancas, balsas e bicicletas cobertas. Fora mais fácil do que imaginava convencer Shade a alugar uma delas. Com um sorriso, ela pensou no quanto haviam avançado, e não se referia apenas à quilometragem percorrida. Estavam trabalhando juntos e, quando ele se distraía, brincavam.

Em Malibu, tomaram caminhos diferentes na praia. Em Galveston, depois de duas horas de trabalho, caminharam de mãos dadas na areia. Uma coisa sem muita importância para muitas pessoas, refletiu Bryan, mas não para eles dois.

Sempre que faziam amor, parecia haver algo de novo. Ela não sabia o que era, mas também não perguntava. Era com Shade que queria estar, rir e conversar. A cada dia, descobria algo de novo, algo diferente, sobre o país e o povo. Descobria com Shade. Talvez esta fosse toda a resposta de que precisava.

O que poderia haver nele? Querendo ou não, havia momentos em que ela imaginava. O que poderia haver em Shade Colby que a fazia feliz? Ele nem sempre era paciente. Num momento, ele podia ser generoso e quase doce e, no outro, podia ser tão frio e distante quanto um desconhecido. Estar com ele não era algo desprovido de frustrações para uma mulher acostumada com flutuações de humor menos frequentes. Mas estar com ele era exatamente o que ela queria.

Naquele momento, ele estava relaxado. Quase nunca estava, ela sabia, mas a atmosfera positiva do rio parecia ter penetrado nele. Mesmo assim, ele observava. Qualquer outra pessoa se perderia naquele rio, admirando a paisagem, apreciando o efeito total. Shade dissecava o rio.

Isso, ela entendia, porque também era assim. Uma árvore podia ser estudada pela textura das folhas, a granulação da madeira, o padrão de luz e sombra que estabelecia no chão. Um amador podia tirar uma foto da árvore com a maior competência do mundo, mas seria apenas isso. Se fosse Bryan a tirar a foto, ela iria querer que a foto emocionasse quem a estivesse vendo.

Ela era especializada em pessoas, lembrou Bryan enquanto observava Shade remar. Paisagens, naturezas-mortas, ela considerava uma mudança de ritmo. Era o elemento humano que a fascinava, e sempre seria assim. Se ela queria entender seus sentimentos em relação a Shade, talvez fosse a hora de tratá-lo da mesma forma como trataria qualquer outro objeto de trabalho.

Com os olhos miúdos, ela estudava e dissecava. Ele tinha uma aparência física bastante dominadora, meditou. Ser dominada não era definitivamente uma de suas ambições na vida. Talvez fosse por isso que se sentia quase sempre atraída por sua boca, porque ela era sensível, vulnerável.

Ela conhecia as características dele: frio, distante, pragmático. Parte disso era verdade, pensou, mas outra parte era ilusão. Uma vez, lhe ocorreu fotografá-lo em meio a sombras. Agora, imaginava que tipo de estudo conseguiria se o fotografasse à luz do sol. Sem se permitir uma chance de pensar, ergueu a câmera, enquadrou e bateu a foto.

— Apenas testando — disse suavemente quando ele franziu a testa. — E, afinal, você já tirou algumas minhas.

— Tirei.

Ele lembrou a foto que tirara dela penteando o cabelo numa rocha no Arizona. Não lhe dissera que mandara a foto para a revista, mesmo tendo certeza absoluta de que a foto faria parte do ensaio definitivo. Nem disse que aquela era uma foto que pretendia manter em sua coleção particular.

— Pare aqui um pouquinho. — Com movimentos rápidos e profissionais, ela trocou a lente, ajustou a distância e a profundidade e focalizou uma garça empoleirada no alto de um cipreste. — Um lugar assim — murmurou ao tirar mais duas fotos para garantir — nos faz imaginar que o verão nunca termina.

— Talvez devêssemos tirar mais dois meses de viagem e trabalhar no outono.

— É uma ideia tentadora. — Ela se esticou novamente. — Bastante tentadora. Um estudo das quatro estações.

— Os seus clientes podem ficar irritados.

— Infelizmente, é verdade. Mas, mesmo assim... — Ela mergulhou os dedos na água. — Sentimos falta das estações em Los Angeles. Eu gostaria de ver a primavera na Virgínia e o inverno em Montana. — Jogou a trança para trás e se sentou. — Shade, você alguma vez já pensou em jogar tudo para o alto, arrumar as malas e sair por aí para algum lugar tipo... Nebraska e montar um pequeno estúdio? Fotos de casamentos e formaturas, esse tipo de coisa?

Ele a olhou fixamente por um tempo e, depois, disse:

— Não.

Ela deu uma gargalhada e se jogou para trás.

— Nem eu.

— Você não encontraria muitas supercelebridades no Nebraska.

Ela estreitou os olhos, mas falou suavemente:

— Essa é mais uma crítica ao meu trabalho?

— Seu trabalho — começou ele, no momento em que começava a fazer o barco voltar — é um conjunto excelente. Senão, não estaríamos trabalhando juntos.

— Muito obrigada. Acho.

— E, por causa da qualidade de seu trabalho — prosseguiu ele —, fico me perguntando por que você se limita a fazer fotos de pessoas bonitas.

— É minha especialidade. — Ela avistou uma porção de flores silvestres na musgosa e lamacenta beira do rio. Ajustou cuidadosamente a câmera outra vez. — E a maioria dos meus modelos não é bonita... nem física, nem emocionalmente. Eles me interessam — disse ela, antes que ele pudesse fazer algum comentário. — Gosto de descobrir o que está por baixo da imagem e vislumbrar.

E ela era muito habilidosa nisso, pensou ele. Na verdade, descobrira que a admirava por isso; não somente por sua habilidade, mas por sua percepção. Ele simplesmente não conseguia racionalizar o fato de ela trilhar o caminho dos que gostavam de aparecer.

— Arte e cultura?

Se ele queria ofendê-la, mesmo que levemente, errou o alvo.

— Sim. E, se você perguntasse, eu lhe diria que Shakespeare fez arte e cultura. Você está com fome?

— Não. — Mulher fascinante, pensou ele, relutando como sempre em ficar fascinado. Ele ansiava por ela, era verdade. Seu corpo, sua companhia. Mas não podia resolver a fascinação constante que ela exercia nele, de uma mente a outra. —

Antes de sairmos você comeu um prato de camarão com arroz que dava para alimentar uma família inteira.

— Isso foi horas atrás.

— Duas, para ser exato.

— Chato — resmungou ela, e olhou para o céu. Tão tranquilo, pensou. Tão simples. Momentos como aquele deviam ser saboreados. Baixou os olhos para ele. — Já fez amor em uma piroga?

Ele não conteve o riso. Ela tornava impossível não rir.

— Não, mas acho que nunca devemos recusar uma nova experiência.

Bryan colocou a língua no lábio superior dele.

— Venha aqui.

Deixaram para trás a atmosfera preguiçosa e cheia de insetos zumbindo e chegaram na animada e estridente Nova Orleans. Trompetistas suarentos na Bourbon Street, vendedores se abanando no Farmers Market, artistas e turistas na Jackson Square; era um sabor do Sul, ambos concordavam, que era tão diferente do resto do Sul quanto San Antonio era diferente do resto do Texas.

De lá, viajaram para o norte até o Mississippi para sentir um pouco do mês de julho no Deep South. Calor e umidade. Drinques longos e refrescantes e uma sombra preciosa. A vida era diferente ali. Nas cidades, os homens suavam nas camisas brancas e com as gravatas frouxas. Nos distritos rurais, fazendeiros trabalhavam embaixo do sol abrasador. Mas se movimentavam mais lentamente do que seus pares do Norte e do Oeste. Talvez temperaturas que chegavam aos 35 graus fossem a causa disso, ou talvez apenas um estilo de vida.

Crianças exercitavam o privilégio da juventude e não usavam quase nenhuma roupa. Os corpos eram morenos, úmidos e empoeirados. Num parque urbano, Bryan fez um close de um garoto da cor do mogno dando uma risada e se refrescando numa fonte.

A câmera não o intimidou. Quando se aproximou, o garoto riu para ela, gritando e jogando a água sobre seu corpo até parecer que estava encapsulado numa redoma de vidro.

Numa cidadezinha a noroeste de Jackson, depararam com uma partida de beisebol de crianças. O campo não era dos melhores, e as arquibancadas pareciam não poder suportar mais do que cinquenta pessoas por vez, mas eles saíram da estrada e estacionaram entre uma picape e um automóvel todo enferrujado.

— Isso é o máximo.

Bryan pegou sua câmera.

— Você acabou de sentir o cheiro de cachorro-quente.

— Isso, também — concordou ela. — Mas é verão. Podemos até ir ao jogo dos Yankees em Nova York, mas vamos conseguir melhores fotos aqui. — Ela enlaçou os braços dele antes que se afastasse muito. — Vou reservar as críticas para o cachorro-quente.

Shade deu uma olhada longa e abrangente. A multidão estava espalhada na grama, em cadeiras dobráveis, nas arquibancadas. Gritava, entusiasmada, fofocava e dava goles nos refrigerantes. Ele tinha quase certeza de que todo mundo ali se conhecia, se não de nome, pelo menos de vista. Observou um velho de boné cuspir casualmente um pouco de tabaco no chão antes de repreender o árbitro.

— Vou dar uma volta por aí — disse Shade, concluindo que ficar sentado nas arquibancadas o limitaria muito naquele momento.

— Tudo bem.

Bryan fizera sua própria avaliação e considerara as arquibancadas o ponto focal do que pretendia fazer.

Separaram-se. Shade foi na direção do velho que já lhe chamara a atenção. Bryan caminhou na direção das arquibancadas, onde ela e o restante do público teriam uma boa visão do jogo.

Os jogadores usavam calças brancas, já sujas de grama e empoeiradas, e chamativas camisas azuis ou vermelhas com os escudos dos respectivos times. Uma boa parte deles era bem pequena para os uniformes, e as luvas pareciam enormes ao final dos braços magricelas. Alguns usavam sapatos com travas, e outros usavam tênis. Uns poucos tinham as luvas colocadas nos bolsos de trás da maneira mais profissional possível.

Os bonés, concluiu ela, era o que identificava a personalidade individual. Um podia usá-lo bem arrumado ou jogado para trás, outro o deixava encobrindo os olhos, de modo brincalhão. Ela queria uma foto de ação, algo que reunisse a cor e as personalidades com o esporte em si. Até que alguma ideia lhe surgisse, Bryan se contentou em tirar uma foto do garoto na segunda base, que deixava o tempo passar até que o batedor pisasse no quadrado, escoiceasse as travas contra a joelheira e começasse a fazer bolas com o chiclete.

Ela deu uma outra corridinha e tentou as teleobjetivas. Melhor, decidiu ela, e ficou satisfeita por ver que seu garoto da segunda base tinha o rosto cheio de sardas. Acima dela, alguém mascava chiclete e assobiava quando o árbitro registrava um ponto do time adversário.

Bryan baixou a câmera e se permitiu ficar envolvida no jogo. Se queria retratar a atmosfera, tinha de senti-la por si própria. Era mais do que o jogo, pensou, era a sensação de comunidade. À medida que os batedores apareciam, as pessoas os chamavam pelos nomes, fazendo comentários casuais que indicavam um conhecimento pessoal. Mas as torcidas estavam bem divididas.

Pais chegaram do trabalho para ver o jogo, avós jantaram mais cedo e vizinhos preferiram o jogo a passar a noite vendo televisão. Todos tinham seus favoritos e não sentiam o menor pudor de torcer por eles.

O batedor seguinte interessou a Bryan principalmente porque era uma linda menina de mais ou menos 12 anos. Olhando de relance, Bryan imaginou que ela se encaixaria muito mais numa aula de balé do que jogando beisebol. Mas, quando observou a maneira como a garota segurava o bastão e se colocava em posição, Bryan ergueu a câmera. Naquela, valia a pena ficar de olho.

Bryan a pegou no primeiro golpe de bastão. Embora a multidão tenha lamentado, Bryan ficou impressionada com o movimento. Podia estar fotografando uma partida de beisebol infantil numa cidadezinha quase esquecida do Mississippi, mas pensava em seu trabalho no estúdio com a primeira-bailarina. A batedora se posicionou para o lance, e Bryan se posicionou para a próxima foto. Precisou esperar, cada vez mais impaciente, por duas outras bolas.

— Baixo e fora. — Ela escutou alguém resmungar ao seu lado. A única coisa que pensou foi que, se a garota saísse de onde estava, ela perderia a foto que queria fazer.

Então, aconteceu, rápido demais para Bryan saber onde estava a bola, mas a garota deu um belo golpe, acertando em cheio. A garota disparou e Bryan, usando o motor da câmera, a seguiu ao longo das bases. Quando ela atingiu a segunda, Bryan registrou seu rosto. Sim, Maria entenderia aquele olhar, pensou Bryan. Esforço, determinação e coragem, puros e simples. Bryan a seguiu até ela atingir a terceira base numa nuvem de poeira e com um gingado de corpo.

— Maravilhosa! — Ela baixou a câmera, tão empolgada que nem mesmo percebeu que falara alto. — Simplesmente maravilhosa!

— Ela é nossa filha.

Distraída, Bryan olhou de relance para o casal ao lado. A mulher tinha a sua idade, talvez um ou dois anos mais velha. Estava radiante. O homem dava um risinho e mascava chiclete.

Talvez não tivesse ouvido bem. Eles eram tão jovens.

— Ela é filha de vocês?

— Nossa mais velha. — A mulher segurou a mão do marido. Bryan pôde ver as duas alianças. — Temos mais três correndo por aí, mas estão mais interessados no quiosque de comida do que no jogo.

— Carey, não. — O pai olhou sua filha dando um curto golpe na terceira base. — Ela é superconcentrada no que faz.

— Espero que não se importem de eu estar tirando algumas fotos dela.

— Não. — A mulher sorriu novamente. — Você mora na cidade?

Era uma forma educada de descobrir quem ela era. Bryan não tinha nenhuma dúvida de que a mulher conhecia todo mundo num raio de quilômetros.

— Não, estou viajando. — Fez uma pausa no momento em que o batedor seguinte rebateu a bola para o alto e trouxe Carey de volta para seu campo. — Para falar a verdade, sou fotógrafa e trabalho para a revista *Life-Style*. Talvez já tenham ouvido falar.

— Claro. — O homem fez um movimento brusco com a cabeça na direção da mulher sem tirar os olhos do jogo. — Todo mês, ela compra.

Bryan puxou um termo de liberação e explicou seu interesse em usar a imagem de Carey. Embora falasse pouco e em voz baixa, suas palavras ecoaram nas arquibancadas. Bryan começou a ter que responder a todo tipo de pergunta e lidar com todo tipo de curiosidade. Para resolver tudo de maneira simples, desceu das arquibancadas, mudou para uma lente grande-angular e fez uma foto do grupo. Não estava ruim, pensou, mas não estava disposta a passar a próxima hora tirando fotos de pessoas que queriam posar para ela. Para dar aos fãs de beisebol um tempo para voltar suas atenções para a partida, ela caminhou na direção do quiosque de comida.

— Teve sorte?

Ela girou a cabeça para ver Shade de pé ao seu lado.

— Sim, e você?

Ele assentiu com a cabeça, depois, encostou no balcão do quiosque. O calor não aliviava, embora o sol estivesse mais baixo. A noite prometia ser tão sufocante quanto fora o dia. Pediu duas bebidas e dois cachorros-quentes.

— Sabe o que eu adoraria agora? — perguntou ela no instante em que começava a encher o cachorro-quente de molho.

— Uma pá?

Ela o ignorou e continuou a encher o sanduíche de mostarda.

— Um mergulho refrescante numa piscina gigantesca seguido de uma margarita gelada.

— Por enquanto, você vai ter de se contentar com o assento do motorista. É a sua vez de dirigir.

Ela deu de ombros. Trabalho era trabalho.

— Você viu a garota que chegou na terceira base?

Caminharam pela grama desnivelada até a van.

— Uma garota que corria como uma bala?

— Essa mesma. Eu estava sentada ao lado dos pais dela nas arquibancadas. Eles têm quatro filhos.

— E daí?

— Quatro filhos — repetiu ela. — E você poderia jurar que ela não tinha mais do que 30 anos. Como essas pessoas conseguem?

— Daqui a pouco você me pergunta, que eu lhe mostro.

Ela riu e deu uma cotovelada nele.

— Não é disso que estou falando, embora a ideia não seja má. O que quero dizer é que esse casal, por exemplo, é jovem e atraente. Dava até para dizer que eles gostavam um do outro.

— Incrível.

— Não seja cínico — ordenou ela, abrindo a porta da van. — Muitos casais não se dão bem, principalmente quando têm quatro filhos, hipoteca a pagar e dez ou doze anos de casamento nas costas.

— E agora, quem é que está sendo cínico?

Ela começou a falar, mas franziu o cenho.

— Acho que eu — refletiu, ligando o motor. — Talvez tenha encontrado um universo que questionou minha visão de mundo, mas, quando vejo um casal feliz, fico impressionada.

— É impressionante. — Cuidadosamente, ele guardou a câmera embaixo do painel antes de se sentar. — Quando realmente dá certo.

— É.

Ela ficou em silêncio, lembrando o acesso de inveja e desejo que sentira quando enquadrara os Brown em seu visor. Agora, semanas e quilômetros depois, fora um novo choque para

Bryan perceber que não havia evitado aquela sensação peculiar. Conseguira deixá-la de lado, em algum lugar no fundo de sua mente, mas, agora, a coisa ressurgia enquanto ela pensava no casal nas arquibancadas de um parque numa cidadezinha.

Família, coesão. Laços. Será que algumas pessoas simplesmente conseguiam manter promessas melhor do que outras?, perguntou a si mesma. Ou algumas pessoas eram simplesmente incapazes de juntar sua vida com a de outra, incapazes de manter os acordos, os compromissos?

Quando ela pensava no passado, acreditava que tanto ela quanto Rob haviam tentado, mas cada um a seu próprio modo. Não ocorrera um encontro de mentes, mas dois tipos separados de linha de pensamento que tomavam as decisões sem nunca se misturarem. Isso queria dizer que um casamento bem-sucedido dependia do encontro de duas pessoas que pensavam de acordo com os mesmos padrões?

Deu um suspiro e entrou na autoestrada que os levaria para o Tennessee. Se fosse verdade, decidiu ela, seria bem melhor continuar solteira. Embora tivesse conhecido diversas pessoas de quem gostava e com quem podia se divertir, nunca conhecera alguém que pensasse da mesma forma que ela. Principalmente o homem que estava sentado ao seu lado já com os olhos grudados no jornal. Só nisso já eram bastante diferentes.

Ele leria aquele jornal, e qualquer outro jornal, do início ao fim em cada cidade que visitassem, devorando as palavras. Ela, por sua vez, passaria os olhos pelas manchetes, daria uma olhada no caderno cultural e nas colunas sociais e, depois, iria direto para a página de quadrinhos. Se quisesse notícias, daria preferência ao rádio e à televisão. Ler era para relaxar, e relaxar não era analisar acordos políticos.

Relacionamentos. Ela lembrou da discussão que tivera com Lee poucas semanas atrás. Não, simplesmente não nascera para relacionamentos longos. O próprio Shade dissera que algumas pessoas simplesmente não eram capazes de manter uma continuidade. Ela concordara, não? Por que deveria ficar deprimida com a verdade de uma hora para a outra?

Não importava o que sentisse por Shade, e ainda precisava definir isso melhor, não ia começar, de repente, a sentir cheiro de casamento no ar. Talvez tivesse sentido algumas ferroadas quando vira casais que pareciam completar um ao outro ao invés de competir, porém, nada era mais natural. Afinal, não queria começar a fazer ajustes em seu estilo de vida para acomodar outra pessoa naquele estágio da vida. Estava bastante satisfeita com o rumo das coisas.

Se estivesse apaixonada... Bryan sentiu novamente a ferroada e a ignorou. Se estivesse, as coisas se complicariam. A questão era que estava muito feliz com o sucesso de sua carreira, sua liberdade e um amante atraente e interessante. Seria louca se não estivesse feliz. Seria insano fazer uma única mudança que fosse.

— E não tem nada a ver com ter medo — disse em voz alta.

— O quê?

Ela se virou para Shade e, para a surpresa de ambos, enrubesceu.

— Nada — resmungou. — Estava só pensando alto.

Ele a olhou durante um bom tempo. A expressão dela se assemelhava a um malogrado descontentamento. Ele sucumbiu ao desejo, se aproximou e tocou a mão em seu rosto.

— Você não está comendo o seu cachorro-quente.

Ela sentiu vontade de chorar. Por algum motivo absurdo, sentiu vontade de parar a van, jogar a cabeça no volante e se afogar em lágrimas.

— Estou sem fome.

— Bryan. — Ele a observou pegar os óculos de sol no painel e colocar no rosto, apesar do sol já estar baixo. — Você está bem?

— Ótima. — Ela respirou fundo e manteve os olhos na estrada. — Estou ótima.

Não, não estava. Embora fosse raro alguma tensão na voz dela, ele reconhecia quando ocorria. Apenas algumas semanas atrás, teria dado de ombros e voltado à leitura. Jogou o jornal no chão de propósito.

— O que está acontecendo?

— Nada.

Ela xingou a si mesma e ligou o rádio. Shade desligou em seguida.

— Pare o carro.

— Para quê?

— Pare o carro e pronto.

Com mais violência do que o necessário, Bryan deu uma guinada em direção ao acostamento, diminuiu a velocidade e parou.

— Não vamos ganhar tempo algum parando dez minutos depois de partir.

— Não vamos ganhar tempo algum até você me dizer qual é o problema.

— Não tem problema nenhum! — Então, ela cerrou os dentes e se recostou no assento. Não adiantava nada falar que não havia problema nenhum enquanto se rosnava ao mesmo tempo. — Não sei — extravasou ela. — Estou irritada, só isso.

— Você?

Ela se virou para ele com ares de vingança.

— Tenho o direito de ficar de mau humor de vez em quando, Colby. Não é uma marca registrada sua.

— É claro que tem — disse ele suavemente. — Como foi a primeira vez que testemunhei, fiquei interessado.

— Não venha com esses ares de proteção para cima de mim!

— Quer brigar?

Ela olhou pelo retrovisor.

— Talvez.

— Tudo bem. — Disposto a agradar, ele se colocou numa posição mais confortável. — Sobre alguma coisa específica?

Ela balançava a cabeça de um lado para o outro, pronta a golpear o que aparecesse.

— Você precisa enfiar a cara no jornal sempre que dirijo?

Ele deu uma gargalhada.

— Preciso, querida.

Uma voz baixa saiu de sua boca enquanto ela olhava novamente pelo retrovisor.

— Pouco importa.

— Eu podia dizer que você tem o hábito de adormecer quando está sentada aqui.

— Já disse que pouco importa. — Levou a mão à chave. — Pouco importa, e ponto final. Você está me fazendo parecer uma idiota.

Ele colocou as mãos sobre as dela antes que Bryan pudesse girar a chave.

— Você parece uma idiota tentando desviar de algo que a está incomodando. — Ele queria pegá-la. Sem que se desse conta de quando, havia ultrapassado o ponto no qual poderia dizer a si mesmo para não se envolver e conseguir seguir o conselho. Querendo ou não, aceitando ou não, estava envolvido. Lentamente, levou a mão dela para sua boca. — Bryan, eu me preocupo.

Ela estava imóvel, impressionada com o fato de uma simples frase arrebatá-la com tanta força. Eu me preocupo. Ele usara a mesma palavra quando falara da mulher que causara seu pesadelo. Junto ao prazer, as palavras dele lhe trouxeram também uma inescapável sensação de responsabilidade. Ele não ia se permitir ficar preocupado indiscriminadamente. Ela ergueu o olhar e olhou, paciente, confusa, os olhos dele analisando seu rosto.

— Também me preocupo — disse ela. Juntou os dedos nos dele apenas por um instante, mas o gesto desconcertou a ambos.

Shade deu o próximo passo com cuidado, duvidoso com relação a ela, e com relação a ele.

— É isso que a está incomodando?

Ela respirou fundo, tão cautelosa quanto ele.

— Um pouco. Não estou acostumada com isso... não dessa maneira.

— Nem eu.

Ela assentiu com a cabeça, observando os automóveis em disparada.

— Então, acho que seria melhor nós dois tomarmos cuidado.

— Parece lógico. — E quase impossível, pensou ele. Naquele exato momento, queria trazê-la para perto de si, esquecer onde estavam. Apenas abraçá-la, percebeu. Era tudo o que queria fazer. Com um esforço, afastou-se. — Sem complicações?

Ela conseguiu dar um sorriso. A regra número um era a mais importante, afinal.

— Sem complicações — concordou ela. Mais uma vez, levou a mão à chave. — Vá ler o seu jornal, Colby — disse ela suavemente. — Vou dirigir até o anoitecer.

Capítulo 10

Passaram por um pedaço do Tennessee, Nashville, Chattanooga, pegaram o canto oriental do Arkansas, montanhas e lendas, e seguiram em frente para o Missouri de Twain, e Kentucky. Lá, encontraram folhas de tabaco, loureiros americanos, Fort Knox e Mammoth Cave, mas, quando Bryan pensava no Kentucky, pensava em cavalos. Kentucky representava os lisos e acetinados puros-sangues pastando. O que a levava a pensar em potros com longas patas correndo em vastas pastagens e em fortes cavalos de carga pisando forte em Churchill Downs.

Quando cruzaram o estado em direção a Louisville, ela viu muito mais. Casas de subúrbio bem-arrumadas podiam ser vistas ao longo das cidades maiores e das cidades menores, como ocorria em qualquer estado do país. Fazendas se espalhavam por quilômetros e quilômetros; tabaco, cavalos, grãos. Cidades surgiam com seus edifícios de escritório e ruas maltratadas. Tanta coisa exatamente igual ao que haviam visto no Sul e no Oeste, mas, ainda assim, tanta coisa diferente.

— Daniel Boone e os cherokees — murmurou Bryan enquanto passavam por outra longa e monótona autoestrada.

— O quê?

Shade levantou os olhos do mapa que estava estudando. Quando Bryan estava dirigindo, não custava nada dar uma olhada no percurso.

— Daniel Boone e os cherokees — repetiu Bryan. Ela aumentou a velocidade para ultrapassar um enorme veículo cheio de bicicletas na parte de trás e varas de pescar na da frente. E para onde estariam indo?, ela se perguntou. De onde estariam voltando? — Eu estava pensando que talvez seja a história de um lugar o que o torna diferente de outro. Talvez seja o clima, a topografia.

Shade voltou a estudar o mapa, tentando descobrir em vão o tempo e a quilometragem. Mal se dignou a pensar no veículo que deixaram para trás.

— É.

Bryan sorriu para ele, exasperada. Um mais um sempre dava dois para Shade.

— Mas as pessoas são basicamente a mesma coisa, você não acha? Imagino que, se a gente cortasse o país em quatro partes, acabaríamos descobrindo que a maioria das pessoas deseja as mesmas coisas. Um teto sobre suas cabeças, um bom emprego, umas duas semanas por ano de férias.

— Flores no jardim?

— É isso aí. — Ela deu de ombros e se recusou a acreditar que aquilo parecia tolice. — Acho que os desejos da maioria das pessoas são bem simples. Sapatos italianos e uma viagem para Barbados seriam até bem-vindos, mas são as coisas básicas que encantam todo mundo. Filhos saudáveis, uma boa poupança, um bife na frigideira.

— Você simplifica demais as coisas, Bryan.

— Talvez, mas não vejo nenhum motivo para complicá-las.

Interessado, ele deixou o mapa de lado e se virou para ela. Talvez tivesse evitado demais descobrir coisas sobre ela, desconfiado do que poderia vir a encontrar. Mas, naquele momento, por trás de seus óculos de sol, seus olhos estavam tão diretos quanto a pergunta que fez:

— O que você quer?

— Eu... — Ela vacilou por um instante, franzindo a testa enquanto conduzia a van por uma longa curva. — Não sei o que você quer dizer.

Ele achou que ela sabia, mas eles sempre acabavam criando barreiras.

— Um teto sobre sua cabeça, um bom emprego? Essas são as coisas mais importantes para você?

Dois meses atrás, talvez ela tivesse dado de ombros e concordado. Primeiro vinha seu trabalho, porque lhe dava tudo de que precisava. Fora assim que planejara tudo, fora assim que quisera que as coisas acontecessem. Não tinha mais certeza disso. Desde que deixara Los Angeles, vira muitas coisas, sentira muitas coisas.

— Eu tenho essas coisas — disse ela, evasiva. — É claro que quero tê-las.

— E?

Desconfortável, mudou de assunto. Não pretendera que sua especulação fútil fosse usada contra ela própria.

— Eu não recusaria uma viagem para Barbados.

Ele não sorriu como ela esperava que fizesse, mas continuou a observá-la por trás da proteção dos óculos escuros.

— Você continua simplificando.

— Sou uma pessoa simples.

As mãos dela eram leves e competentes na direção, e o cabelo estava com a habitual trança jogada para trás. Estava sem maquiagem e usava uma bermuda jeans desfiada nas pontas com uma camiseta com o dobro do seu tamanho.

— Não é, não. Você apenas finge ser.

Ela balançou a cabeça, abruptamente cautelosa. Desde aquela explosão no Mississippi, Bryan vinha conseguindo se manter equilibrada e, admitiu, sem pensar nas coisas com muita profundidade.

— Você é uma pessoa complicada, Shade, e acaba vendo complicações onde elas não existem.

Ela desejou poder ver os olhos dele. Desejou poder ver os pensamentos por trás deles.

— Sei o que vejo quando olho para você, e não é nada simples.

Ela deu de ombros, despreocupada, mas seu corpo começava a ficar tenso.

— Sou facilmente interpretada.

Ele a corrigiu com uma palavra pequena e sucinta, calmamente pronunciada. Bryan arregalou os olhos e, depois, voltou sua atenção para a estrada.

— Bem, certamente não sou cheia de mistérios.

Não era? Shade observou os finos fios dourados balançando em suas orelhas.

— Imagino o que você pensa quando está deitada ao meu lado depois de fazermos amor... naqueles minutos após a paixão e antes do sono. Sempre fico imaginando.

Ela também imaginava.

— Depois de fazermos amor — disse ela, com a voz mais firme possível —, passo um tempo enorme pensando em tudo.

Dessa vez, ele sorriu.

— Você está sempre com sono — murmurou ele, fazendo-a tremer. — E imagino o que poderia dizer, o que eu poderia ouvir se você expressasse os seus pensamentos em voz alta.

Que eu talvez esteja apaixonada por você. Que cada dia que passamos juntos faz com que o fim esteja cada vez mais perto. Que não consigo imaginar como vai ser minha vida quando não tiver mais você ao meu lado para me tocar, para conversar comigo. Estes eram seus pensamentos, mas não disse nada.

Bryan tinha seus segredos, pensou Shade. Assim como ele.

— Um dia desses, antes de terminarmos o projeto, você me conta.

Ele a estava imprensando num canto, Bryan sentia, mas ignorava o motivo.

— Já não lhe contei o suficiente?

— Não. — Não conseguindo resistir ao impulso que cada vez mais o dominava, ele tocou o rosto dela.

— Nem perto do suficiente.

Ela tentou sorrir, mas precisou pigarrear para falar.

— Essa é uma conversa perigosa para quem está dirigindo numa autoestrada a cem quilômetros por hora.

— É uma conversa perigosa em qualquer ocasião. — Ele retirou a mão lentamente. — Eu a quero, Bryan. Não consigo olhar para você sem desejá-la.

Ela ficou em silêncio, não porque ele dizia coisas que ela não estava querendo escutar, mas porque ela não sabia mais como lidar com elas, e com ele. Se falasse, talvez falasse demais, o que poderia romper quaisquer laços que, porventura, tivessem começado a se formar. Não podia falar para ele, mas o que ela queria era um laço.

Ele esperou que ela falasse, ansiando para que falasse alguma coisa após ter quebrado todas as regras que haviam estabelecido no início. Risco. Ele assumira um. Será que ela não conseguia enxergar? Desejos. Ele a desejava. Será que ela não conseguia sentir? Contudo, ela continuou calada, e o passo à frente virou um passo atrás.

— A saída é logo ali em frente — disse ele. Pegou o mapa e dobrou cuidadosamente. Bryan trocou de faixa, diminuiu a velocidade e saiu da estrada.

O Kentucky a fizera pensar em cavalos; cavalos os haviam levado para Louisville, e de Louisville para Churchill Downs. O Derby já acabara, mas ainda havia corridas e multidões. Se tinham a intenção de incluir em seu olhar sobre o verão aquelas pessoas que passavam as tardes assistindo a corridas de cavalo e apostando, aonde mais poderiam ir?

Assim que Bryan viu o lugar, pensou em dezenas de ângulos. Podiam ser vistos domos ao estilo de catedrais, assim como edifícios que davam uma elegância tranquila ao frenesi. Aquela pista era o ponto focal, longa, ovalada e cheia de sujeira. Arquibancadas rodeavam tudo. Bryan deu uma caminhada em torno, imaginando que tipo de gente frequentaria aquele lugar, ou qualquer outro do mesmo tipo, e jogaria dois dólares, ou duzentos, numa corrida que duraria apenas alguns minutos. Novamente, encontrou variedade.

Havia o homem de braços vermelhos, com a camiseta molhada de suor, que examinava o programa das corridas, e um outro, com calças elegantes, que bebia alguma coisa gelada num copo longo. Viu mulheres com vestidos muito caros segurando binóculos e famílias acostumando seus filhos com o esporte dos reis. Havia um homem de chapéu cinza e cheio de tatuagens no braço e um garoto rindo em cima dos ombros do pai.

Haviam estado em jogos de beisebol, em partidas de tênis e corridas de carro por todo o país. Sempre via rostos na multidão que pareciam não ter nada em comum, exceto o jogo. Os jogos haviam sido inventados, refletiu Bryan, e transformados numa indústria. Era um aspecto interessante da natureza humana. Mas as pessoas mantinham os jogos vivos; elas queriam diversão, queriam competir.

Avistou um homem encostado no parapeito, assistindo à corrida como se sua vida dependesse do resultado. Seu corpo estava dobrado, o rosto, úmido. Ela o pegou de perfil.

Uma rápida olhada ao redor fez com que descobrisse uma mulher num vestido rosa-claro, usando um chapéu de verão. Ela assistia à corrida sem muito interesse, tão distraída do evento quanto uma imperatriz poderia estar de uma luta no Coliseu. Bryan a enquadrou no instante em que a multidão rugia para os cavalos que passavam na reta.

Shade se apoiou no parapeito e fotografou os cavalos em variadas posições ao longo da pista, terminando com a investida final perto da chegada. Antes, fotografara o painel de apostas, onde os números brilhavam e seduziam. Agora, esperou a colocação do resultado final e focalizou novamente.

Antes das corridas se encerrarem, Shade viu Bryan de pé no guichê de apostas. Com a câmera pendurada no pescoço e a pule na mão, ela caminhou na direção das arquibancadas.

— Você não tem nenhuma força de vontade? — perguntou ele.

— Não. — Ela encontrara uma máquina de venda automática, e ofereceu a Shade uma barra de chocolate que já estava amolecendo devido ao calor. — E, além do mais, tem um cavalo no próximo páreo chamado Made in the Shade. — Quando ele franziu as sobrancelhas, ela deu um risinho. — Não deu para resistir.

Ele queria dizer que ela era uma tola. Queria lhe dizer que ela era tão doce que mal dava para suportar. Em vez disso, baixou os óculos de sol dela até poder ver seus olhos.

— Qual é o número?

— Sete.

Shade olhou para o painel de apostas e balançou a cabeça.

— Trinta e cinco por um. Como apostou?

— No vencedor, é claro.

Pegou-a pelo braço e a conduziu de volta para o parapeito.

— Pode começar a dar adeus aos seus dois paus, apostadora espertinha.

— Ou posso ganhar setenta. — Bryan recolocou os óculos no lugar. — Aí, pago seu jantar. Se perder — continuou, enquanto os cavalos eram enfileirados para a prova —, ainda vai me restar o cartão de crédito. Pago o jantar da mesma forma.

— Combinado — disse Shade, assim que tocou a campainha.

Bryan observou os cavalos dispararem. Só conseguiu enxergar o número sete quando já estavam quase na primeira curva, o terceiro de trás para a frente. Levantou os olhos para ver Shade balançar a cabeça.

— Não perca as esperanças ainda.

— Quando se aposta num azarão, meu amor, é preciso estar preparado para perder.

Um pouco aturdida pelo uso casual da palavra amor, ela se voltou para a corrida. Shade raramente se dirigia a ela pelo nome, menos ainda por essas palavras carinhosas. Um azarão, concordou ela em silêncio. Mas não estava totalmente certa de estar preparada para perder como deveria estar.

— Ele está melhorando de posição — disse ela rapidamente quando viu que o número sete acabara de ultrapassar três cavalos com passadas longas e intensas. Esqueceu-se de si mesma, encostou no parapeito e riu.

— Olhe só para ele! Já ultrapassou vários. — Ela levantou a câmera e usou as teleobjetivas como se fossem um binóculo. — Meu Deus, ele é lindo — murmurou. — Não sabia que ele era tão lindo.

Concentrada no cavalo, ela esqueceu a corrida e a competição. Ele era lindo. Podia ver o jóquei cavalgando num borrão de cores que tinha um estilo totalmente particular, mas era o cavalo, com os músculos inchados, as pernas velozes, que a deixava fascinada. Ele queria vencer, ela sentia isso. Não importava quantas corridas havia perdido, quantas vezes havia sido levado de volta para os estábulos suando. Ele queria vencer.

Esperança. Ela estava sentindo, porém, não mais escutava as vozes da multidão atrás de si. O esforço do cavalo para ultrapassar os líderes não enterrara as esperanças. Ela acreditava que ele pudesse vencer e, se acreditasse com muita fé... Numa última explosão de velocidade, ele emparelhou com o líder e cruzou a linha de chegada como um campeão.

— Não posso acreditar — murmurou Shade.

Ele percebeu que estava abraçado a Bryan enquanto observavam o vencedor fazer a volta da vitória com passadas largas e firmes.

— Lindo. — A voz dela estava baixa e densa.

— Ei — disse Shade, acariciando-lhe o queixo ao ver as lágrimas no rosto dela —, a aposta foi de dois dólares apenas.

Ela balançou a cabeça.

— Ele conseguiu. Ele queria vencer, e simplesmente não desistiu até que conseguisse.

Shade passou um dedo pelo nariz dela.

— Já ouviu falar de sorte?

— Sim. — Já mais equilibrada, ela segurou as mãos dele. — E essa vitória não teve nada a ver com isso.

Por um momento, ele a analisou. Então, balançando a cabeça, baixou a boca e a beijou suavemente.

— E isso vindo de uma mulher que afirma ser simples.

E feliz, pensou ela, enlaçando os dedos nos dele. Ridiculamente feliz.

— Vamos lá receber o dinheiro da vitória.

— Ouvi alguma coisa a respeito de alguém pagar um jantar — disse ele enquanto saíam das arquibancadas.

— É mesmo. Também ouvi a mesma coisa.

Ela era uma mulher de palavra. Naquela noite, com o céu relampejando e ecoando os trovões de uma tempestade de verão, eles foram a um restaurante tranquilo, iluminado por velas.

— Guardanapos de linho — murmurou Bryan assim que chegaram à mesa.

Ele riu ao pé do ouvido dela enquanto puxava a cadeira.

— Você se impressiona facilmente.

— É verdade — concordou ela —, mas não vejo um guardanapo de linho desde junho. — Ela o retirou do prato e o sentiu nas mãos. Liso e encorpado. — Não tem cadeira forrada de vinil e nem luminárias de plástico nesse lugar. Tampouco deve haver utensílios de plástico ou ketchup aqui. — Ela deu uma piscadela, bateu de leve no prato e ouviu o som. — Tente fazer isso com um prato de papel e não acontece nada.

Shade a observou experimentar, em seguida, o copo.

— Tudo isso vindo da rainha do *fast-food*?

— Uma dieta constante de hambúrgueres não faz mal, mas também gosto de variar. Vamos tomar champanhe —

decidiu ela assim que o garçom chegou. Deu uma olhada na carta, escolheu e se voltou novamente para Shade, que comentou:

— Você acaba de detonar seu ganho numa garrafa de vinho.

— Vem fácil, vai fácil. — Ela colocou as mãos no queixo e sorriu para ele. — Eu já disse que você fica maravilhoso à luz de velas?

— Não. — Divertindo-se, inclinou-se igualmente à frente. — Não deveriam ser minhas essas palavras?

— Talvez, mas você não parece ter nenhuma pressa em dizê-las. E, além do mais, sou eu que estou pagando. Entretanto... — Ela dirigiu o olhar para ele, lento, incandescente. — Se você dissesse alguma coisa agradável, garanto que não ficaria ofendida.

Lentamente, passou um dedo pela mão dele, fazendo-o imaginar por que algum homem teria objeções às vantagens da liberação feminina. Não era nenhuma tortura ter o jantar pago, bebida incluída. Nem seria nenhuma tortura relaxar e ser seduzido. O mesmo poderia ser dito, decidiu Shade, levando a mão dela até sua boca...

— Eu poderia dizer que você sempre está maravilhosa, mas, hoje... — Ele percorreu seu rosto com os olhos. — Hoje, está me deixando sem fôlego.

Atordoada por um instante, ela deixou as mãos nas dele. Como ele conseguia dizer aquelas coisas com tanta calma, de forma tão inesperada? E como poderia ela, tão acostumada com cumprimentos casuais e inconsequentes da parte dos homens, lidar com um que parecia ser tão sério? Com cuidado, avisou a si mesma. Com muito cuidado.

— Nesse caso, vou ter que lembrar de passar batom com mais frequência.

Ele sorriu rapidamente e beijou novamente os dedos dela.

— Hoje, você não passou nenhum batom.

— Ah.

Surpresa, Bryan olhou para ele.

— Madame?

O *sommelier* estava segurando a garrafa de champanhe com o rótulo para cima.

— Sim — deu um leve suspiro —, sim, essa está ótima.

Sem deixar de olhar para Shade, ouviu a rolha sucumbir à pressão e as espumas penetrarem a taça. Deu um gole, fechando os olhos para melhor saborear. Então, assentindo com a cabeça, esperou que o garçom servisse ambos os copos. Agora com mais firmeza, Bryan ergueu a taça e sorriu para Shade.

— A quê?

— A um verão — disse ele, e tocou a borda da outra taça —, a um verão fascinante.

Ela franziu os lábios novamente, fazendo com que seus olhos refletissem o sorriso enquanto ela bebia.

— Eu imaginava que ia ser terrivelmente chato trabalhar com você.

— Jura? — Shade deixou a bebida pairar sobre a língua por um momento. Como Bryan, ela era macia e tranquila, mas cheia de borbulhas por baixo. — Eu esperava que você fosse um pé no...

— Contudo — interrompeu ela secamente —, fiquei contente por meu prejulgamento ter sido equivocado. — Ela esperou um instante. — E o seu, foi?

— Foi — disse ele, tranquilo, e riu ao perceber que ela estreitara os olhos para ele —, mas eu não teria gostado tanto de você se tivesse sido de outra maneira.

— Gostei mais da gentileza anterior — ela resmungou e pegou o cardápio —, mas acho que, já que você é tão pão-duro nesse quesito, vou ter de ficar mesmo com o que conseguir.

— Só digo o que penso.

— Eu sei. — Ela jogou o cabelo para trás enquanto estudava o cardápio. Mas eu... ih, olhe só, eles têm musse de chocolate.

— A maioria das pessoas começa pelas entradas.

— Prefiro olhar de trás para frente. Depois, posso estimar quanto vou querer comer e ainda deixar espaço para a sobremesa.

— Não consigo imaginar você recusando qualquer coisa com chocolate.

— Tem razão.

— O que não consigo entender é como você pode botar para dentro toda essa quantidade de chocolate e não engordar.

— Sorte, acho. — Com o cardápio aberto sobre o prato, ela sorriu para ele. — Você não tem nenhuma fraqueza, Shade?

— Tenho, sim. — Ele olhou para ela até que Bryan ficasse desconcertada e novamente aturdida. — Algumas. — E uma delas, pensou ele olhando para ela, estava começando a ficar cada vez mais intensa.

— Já estão preparados para pedir?

Distraída, Bryan olhou para o educado garçom.

— O quê?

— Já estão preparados para pedir — repetiu ele —, ou gostariam de mais um tempo?

— A senhora vai querer a musse de chocolate — disse Shade, suavemente.

— Sim, senhor. — Imperturbável, o garçom tomou nota do pedido. — Isso é tudo?

— Nem de longe — disse Shade, e deu um gole no champanhe.

Bryan riu e completou seu pedido.

— Estou cheia — concluiu Bryan, uma hora mais tarde, quando estavam na van embaixo de um forte temporal. — Totalmente cheia.

Shade dirigia em meio à escuridão da tempestade.

— Olhar você comer é um modo incrível de passar o tempo.

— Estamos aqui para nos divertir — disse ela levemente. Aconchegada em seu assento, cheia de champanhe na cabeça e com trovões ribombando num céu de poucos amigos, ela estava contente de poder ir para onde bem entendesse. — Foi muito simpático de sua parte me deixar comer um pedaço do seu cheesecake.

— Metade — corrigiu Shade. Ele desistiu propositalmente do acampamento no qual haviam decidido ficar. O limpador de para-brisa fazia um zunido do lado de fora. — Mas você está liberada.

— Foi muito amável. — Ela deu um suspiro tranquilo e sonolento. — Gosto de ser paparicada. A noite de hoje vai me fazer sobreviver a outro mês de cadeias de *fast-food* e restaurantes com comida mofada. — Satisfeita, olhou a escuridão, as ruas molhadas, as poças no meio-fio. Ela gostava da chuva, principalmente à noite, quando deixava tudo brilhando. Admirando os pingos que caíam, acabou sonhando, só despertando quando ele entrou no estacionamento de um pequeno hotel.

— Nada de acampamento hoje — disse ele, antes que ela pudesse questioná-lo. — Espere aqui até eu arranjar um quarto.

Ele já estava fora da van, correndo no meio da chuva, antes que ela pudesse ter tempo para fazer algum comentário. Nada de acampamento, pensou ela, olhando para os estreitos assentos da van. Nada de camas ruins e improvisadas, e chuveiros gotejantes.

Deu um risinho, se levantou e começou a juntar o equipamento dele. Esquecera-se completamente das maletas.

— Champanhe, guardanapos de linho e, agora, uma cama. — Ela riu enquanto voltava para a van, encharcada. — Vou ficar mimada.

Ele queria mimá-la. Não havia lógica nisso, somente fato. Naquela noite, mesmo que fosse somente naquela noite, ele queria mimá-la.

— O quarto fica lá atrás.

Enquanto Bryan levava o equipamento, ele dirigia lentamente, verificando os números nas portas.

— Aqui. Espere um minuto.

Ele colocou a bolsa com a câmera no ombro. Ela já havia pegado outra mala e sua bolsa quando Shade abriu a porta dela pelo lado de fora. Para sua surpresa, descobriu que estava sendo levada nos braços por ele.

— Shade!

Mas a chuva batia em seu rosto, fazendo-a arfar enquanto ele atravessava em disparada o estacionamento até a porta do quarto.

— Era o mínimo que eu podia fazer depois que você pagou o jantar — disse ele, colocando a enorme chave no buraco da fechadura. Bryan estava rindo enquanto ele lutava para abrir a porta com ela no colo e ainda segurando as bolsas com as câmeras e os tripés.

Ele fechou a porta com o pé e colou a boca na dela. Ainda rindo, Bryan se grudou a ele.

— Agora, estamos os dois molhados — murmurou ela, passando uma das mãos pelo cabelo dele.

— Vamos nos secar na cama.

Antes que ela pudesse adivinhar as intenções dele, Bryan já estava aterrissando de corpo inteiro no colchão.

— Que romântico — disse ela secamente, mas seu corpo permaneceu mole. Ela ficou deitada na cama, sorrindo, porque ele fizera um raro gesto frívolo e ela tinha a intenção de aproveitar.

O vestido estava colado ao corpo, o cabelo, desalinhado. Ele a vira se vestir para o jantar e sabia que estava usando uma fina anágua que ia do alto da coxa até a base dos seios, e meias muito, mas muito transparentes. Ele podia amá-la, por horas a fio. Não seria suficiente. Ele sabia quanto o corpo dela podia ficar relaxado, quanto ela podia ser receptiva. Com tanto fogo, tanta força, tanta vibração. Ele podia desejar tudo isso, ter tudo isso. Não seria suficiente.

Ele era especialista em capturar os momentos, as emoções, a mensagem. Liberou os próprios sentimentos e foi atrás da câmera.

— O que está fazendo?

Quando ela fez menção de se levantar, Shade se virou para ela.

— Fique aí um minuto.

Intrigada e cautelosa, ela o observou montar a câmera.

— Eu não...

— Fique deitada do jeito que estava — interrompeu ele. — Relaxada e bem satisfeita consigo mesma.

A intenção dele já estava mais do que óbvia. Bryan franziu a testa. Uma obsessão, pensou ela, se divertindo. A câmera era uma obsessão para ambos.

— Shade, eu sou fotógrafa, não modelo.

— Faça isso por mim.

Com delicadeza, ele a empurrou de volta para a cama.

— Estou com champanhe demais na cabeça para conseguir discutir com você. — Ela sorriu para ele no momento em que ele apontou a câmera para seu rosto. — Pode brincar, se quiser, ou tirar fotos sérias, se é o seu dever. Contanto que eu não tenha de fazer nada.

Ela não fez nada além de sorrir, e ele começou a latejar. Quantas vezes não usara a câmera como uma barreira entre o objeto e si próprio, outras vezes como a condutora de sua emoção, emoção que ele se recusava a liberar de outra forma? Naquele momento, não era uma coisa nem outra. A emoção já estava nele, e as barreiras não eram mais possíveis.

Ele a enquadrou rapidamente e bateu a foto, mas não ficou satisfeito.

— Não é isso que eu quero.

Ele era tão profissional que Bryan não identificou aquilo como uma defesa, mas como seu jeito. Mas, quando ele se aproximou, colocou-a sentada e abriu seu vestido, ela ficou de boca aberta.

— Shade!

— É aquele sexo sem pressa — murmurou ele, deslizando o vestido para baixo. — Aquelas incríveis ondas de sensualidade que surgem sem esforço algum, simplesmente existem. É o que vejo nos seus olhos. — Mas, quando os olhos dele se fixaram nos dela, Bryan esqueceu a piada que estava a ponto de contar. — É o que vejo quando a toco... assim. — Lentamente, ele passou a mão pelo ombro nu de Bryan. — É o que vejo depois de beijar você... assim. — Ele a beijou, demorando-se enquanto a mente dela esvaziava os pensamentos e seu corpo se enchia de sensações. — Assim — sussurrou ele, mais determinado do que nunca a capturar aquele momento, torná-lo tangível até poder segurá-lo com as mãos e vê-lo com seus olhos. — Assim — repetiu, dando um passo para trás, depois, dois. — É como a vejo antes de fazermos amor. E como a vejo depois.

Desamparada e excitada, Bryan olhava para a lente da câmera. Ele a pegou, como a uma vítima na mira de uma espingarda, sem pensamentos, com os sentimentos confusos. Ao mesmo tempo, pegou a si próprio.

Por um instante, seu coração estava nos olhos dela. O obturador abria e fechava, e capturava. Quando ampliasse a foto, pensou ele enquanto baixava cuidadosamente a câmera, teria como ver o que estava sentindo ali? Estaria certo de seus próprios sentimentos?

Ela estava sentada na cama, o vestido, amarrotado, o cabelo, despenteado, os olhos, enevoados. Segredos, pensou Shade novamente. Ambos os possuíam. Seria possível que ele tivesse trancafiado uma parcela de cada segredo deles no filme que estava na câmera?

Quando olhou para ela, naquele momento, viu uma mulher excitada, uma mulher que excitava. Podia enxergar paixão, docilidade e aceitação. Podia ver uma mulher que ele passara a conhecer melhor do que qualquer outra pessoa. Contudo, via uma mulher que ainda estava para alcançar, uma mulher que evitara alcançar.

Foi até ela em silêncio. Sua pele estava úmida, mas quente, como ele já esperava que estivesse. Pingos de chuva estavam grudados no cabelo. Ele tocou um deles, que deixou de existir. Ela ergueu os braços.

Enquanto a tempestade rugia do lado de fora, ele a conduziu, e a si próprio, a um lugar onde respostas não eram necessárias.

Capítulo 11

Se tivessem mais tempo...

Com agosto se aproximando, este era o pensamento que não saía da cabeça de Bryan. Com mais tempo, poderiam ter demorado mais em cada parada. Com mais tempo, poderiam ter passado por mais estados, mais cidades, mais comunidades. Havia tanto a ser visto, tantas coisas para registrar, mas o tempo estava se esgotando.

Em menos de um mês, a escola que ela fotografara vazia e à espera naquela tarde luminosa estaria cheia novamente. Folhas que estavam robustas e verdes ficariam amareladas antes de caírem. Ela voltaria para Los Angeles, para o estúdio, para a rotina que estabelecera. Pela primeira vez em muitos anos, a palavra sozinha tinha um som vazio.

Como aquilo acontecera? Shade Colby se tornara seu parceiro, seu amante, seu amigo. Tornara-se, embora fosse assustador admitir, a pessoa mais importante em sua vida. De algum modo, ficara dependente dele, por sua opinião, sua companhia, pelas noites que haviam passado envolvidos apenas com eles mesmos.

Ela podia imaginar como seria quando voltassem para Los Angeles e seguissem cada um o seu caminho. Partes separadas da cidade, pensou ela, vidas separadas, perspectivas separadas.

A proximidade entre eles, que se desenvolvera tão lentamente e com tanta dificuldade, estaria encerrada. Não era isso o que ambos pretendiam desde o início? Haviam feito um acordo entre eles, assim como tinham feito um acordo para trabalhar juntos. Se os sentimentos dela haviam mudado, ela era responsável por eles, por lidar com eles. À medida que os quilômetros iam sendo percorridos e o próximo estado era deixado para trás, ela imaginava como começar.

Shade tinha seus próprios pensamentos para lidar. Quando entraram em Maryland, cruzaram na direção do leste. O Atlântico estava próximo, tão próximo quanto o fim do verão. Era o fim que o perturbava. A palavra não mais significava concluído, mas acabado. Ele começava a perceber que não estava nem um pouco preparado para tal desfecho. Havia maneiras de racionalizar o problema. Ele tentou todas.

Haviam deixado de ver muita coisa. Se utilizassem o tempo para voltar, em vez de manter o plano de atravessar o país, poderiam desviar e parar em diversos lugares que haviam eliminado a princípio. Fazia sentido. Poderiam ficar uma semana na Nova Inglaterra, duas semanas após o Dia do Trabalho, no início de setembro. Depois de vários dias na van e do intenso trabalho que ambos haviam realizado, mereciam algum tempo de folga. Era razoável.

Deveriam fazer a viagem de volta ao invés de seguir em frente com toda aquela pressa. Se não estivessem preocupados com o tempo, com os quilômetros, quantas fotos não teriam sido feitas em função disso? Se ao menos uma delas fosse especial, teria valido a pena. Era profissional.

Quando retornassem a Los Angeles, talvez Bryan pudesse ir morar com ele, compartilhar seu apartamento da mesma forma que haviam compartilhado a van. Era possível. Não era?

Ela não queria complicar o relacionamento. Não fora isso que ela dissera? Ele não queria a responsabilidade de um compromisso com alguém. Não fora isso que ele deixara bem claro? Talvez tivesse começado a sentir a necessidade da companhia dela em algum nível. E era verdade que aprendera a apreciar a maneira como ela podia olhar para qualquer coisa e enxergar algo divertido e belo. Isso não era a mesma coisa que promessas, compromissos ou complicações.

Com um pouco de tempo, um pouco de distância, a necessidade fatalmente desapareceria. A única coisa da qual ele tinha certeza era que desejava adiar essa questão o máximo possível.

Bryan avistou um conversível vermelho, chamativo. A motorista estava com o braço sobre o assento de couro branco, enquanto seu cabelo louro e curto ondulava ao vento. Bryan pegou a câmera e baixou a janela. Meio de joelhos, meio agachada no assento, ajustou a profundidade de campo.

Queria pegá-la de trás, alongando o carro num borrão de cor. Mas não estava disposta a deixar escapar o ângulo arrogante do braço da motorista, ou o modo negligente como o cabelo dela esvoaçava ao vento. Já sabia que, no laboratório, teria de dar um retoque na estrada cinza e nos outros carros. Apenas o conversível vermelho, pensou ela, focalizando.

— Tente manter exatamente essa distância — disse ela. Tirou uma foto e, insatisfeita, inclinou-se mais ainda para tirar a próxima. Embora Shade reclamasse, Bryan conseguiu sua foto antes de começar a rir e desabar de volta no assento.

Ele também agia da mesma maneira, e tinha consciência disso. Uma vez que a câmera estava no lugar, tendia-se a pensar que ela era um escudo. Nada podia acontecer com você; você simplesmente não fazia parte do que estivesse acontecendo ao redor. Embora Shade sempre tenha tido plena consciência disso, já acontecera muitas vezes com ele, mesmo depois das primeiras privações no exterior. Talvez essa compreensão tivesse deixado sua voz suave, embora estivesse irritado.

— Não dá para fazer algo mais razoável do que trepar na janela de um carro em movimento?

— Não pude resistir. Não há nada como um conversível numa autoestrada no mês de agosto. Eu sempre brinco com a ideia de comprar um desses para mim.

— E por que não compra?

— Comprar um carro novo é uma coisa cansativa. — Ela olhou para as placas em verde e branco da estrada da mesma maneira que olhara para todas as outras que haviam deixado para trás. Havia cidades, estradas e caminhos dos quais ela jamais ouvira falar. — Mal posso acreditar que estejamos em Maryland. Já rodamos tanto e, mesmo assim, sei lá, não parece que dois meses se passaram.

— Dois anos?

Ela riu.

— Às vezes. Outras vezes, parecem dias. Não é tempo suficiente — disse ela, um pouco para si mesma. — Nunca é suficiente.

Shade não se permitiu uma chance de pensar antes de aproveitar a oportunidade para dizer:

— Fomos obrigados a deixar muitas coisas para trás.

— Eu sei.

— Passamos por Kansas, mas não Nebraska, Mississippi, mas não nas Carolinas. Não fomos para Michigan ou Wisconsin.

— Ou Flórida, estado de Washington, Dakota do Sul e do Norte.

Ela deu de ombros, tentando não pensar no que havia ficado para trás. Só o hoje, disse Bryan para si mesma. Só pense no hoje.

— Estive pensando na possibilidade de parar nesses lugares na volta.

— Na volta?

Bryan se virou para ele enquanto ele pegava um cigarro.

— Faríamos de acordo com nosso próprio tempo. — O isqueiro da van brilhou, com a ponta vermelha. — Mas acho que nós dois podíamos tirar um mês ou algo assim e terminar o trabalho.

Mais tempo. Bryan sentiu o súbito reaparecimento da esperança, mas logo esmoreceu implacavelmente. Ele queria terminar o trabalho do jeito dele. Era o jeito dele, lembrou a si mesma, fazer as coisas meticulosamente. Mas o motivo realmente importava? Teriam mais tempo. Sim, percebeu ela, olhando pela janela. O motivo importava bastante.

— O trabalho estará terminado na Nova Inglaterra — disse ela. — O verão terminou e, agora, o negócio é voltar para o trabalho. Meus compromissos no estúdio vão ficar um mês atrasados. Mas, mesmo assim... — Ela sentiu que estava enfraquecendo, embora ele não dissesse nada, nada fizesse para persuadi-la. — Eu não me importaria de fazer alguns desvios na volta.

Shade mantinha as mãos no volante e a voz tranquila.

— Vamos pensar nisso — disse ele e encerrou o assunto que interessava tanto a ambos.

Cautelosos em relação à autoestrada, pegaram estradas secundárias. Bryan fez fotos de crianças esguichando água umas nas outras com uma mangueira de jardim; de roupa lavada estendida no varal; de um casal de idosos sentado num balanço de varanda. Shade fez suas fotos de operários de construção suados espalhando alcatrão em telhados; de trabalhadores colhendo pêssegos e, surpresa da surpresas, de dois pequenos empresários de 10 anos de idade vendendo limonada no jardim de casa.

Emocionada, Bryan aceitou o copo de papel que Shade lhe oferecera.

— Muito doce.

— Você nem provou ainda — comentou ele e pulou para o assento do carona. — Eles colocam pouco açúcar para diminuir as despesas gerais.

— Eu quis dizer você. — Num impulso, ela se inclinou e o beijou, levemente, confortavelmente. — Você pode ser um homem bem doce.

Como sempre, ela o emocionava, e ele não conseguia interromper o processo.

— Posso lhe dar uma lista de pessoas que não concordariam.

— Elas não sabem de nada. — Com um sorriso, ela o beijou de novo. Dirigiu pela rua sombreada e bem-cuidada apreciando a grama bem-aparada, os jardins floridos e os cachorros latindo nos quintais. — Eu gosto dos subúrbios — disse ela. — Pelo menos para ver. Nunca morei num lugar assim. São tão bem-arrumados. — Deu um suspiro e apontou a esquina. — Se eu tivesse uma casa aqui, provavelmente esqueceria de manter a grama e acabaria com um jardinzinho muito malcuidado. Os vizinhos fariam um abaixo-assinado. Eu acabaria vendendo a casa e me mudando para um apartamento.

— E assim acaba a carreira de Bryan Mitchell, como moradora da periferia.

Ela o encarou.

— Algumas pessoas não nasceram para viver atrás de cercas.

— Verdade.

Ela esperou, mas ele não disse nada que a fizesse se sentir inconveniente, nada que a fizesse se sentir como se devesse ser inconveniente. Ela deu uma gargalhada prazerosa e, depois, agarrou e apertou a mão dele.

— Você é bom para mim, Shade, bom mesmo.

Ele não queria deixar que a mão dela se fosse, liberando-a com relutância. Bom para ela. Ela dissera aquilo com tanta tranquilidade, rindo. Por causa disso, ela não poderia fazer a menor ideia do que significava para ele ouvir aquilo. Talvez já fosse hora de lhe contar.

— Bryan...

— O que é? — disse ela abruptamente, e foi na direção do meio-fio. Excitada, levou o carro um pouco mais à frente até conseguir ler o cartaz colado numa cabine telefônica "Parque Itinerante do Rouxinol". Freou e quase pulou em cima de Shade para melhor visualizar o cartaz. "Voltara, a mulher elétrica." Quase gritando, ela cutucou Shade. — Fantástico, simplesmente fantástico. Sampson, o elefante dançarino. Madame Zoltar, mística. Shade, dê uma olhada, é a última noite deles na cidade. Não podemos perder. Verão sem carnaval não é verão. Montanha-russa, jogos de adivinhação.

— E o dr. Wren, o comedor de fogo.

Foi fácil ignorar o tom seco.

— Destino. — Jogou-se de volta em seu assento. — Deve ter sido o destino que nos trouxe para essa estrada. Senão, teríamos passado direto.

Shade olhou novamente o cartaz, enquanto Bryan tirava a van do meio-fio.

— Pense nisso — murmurou ele. — Poderíamos ter atravessado o país de ponta a ponta sem termos visto um elefante dançarino.

Meia hora depois, Shade estava recostado no assento, fumando calmamente com os pés sobre o painel. Bryan, perturbada, virou em outra rua.

— Não estou perdida.

Shade deu uma preguiçosa baforada.

— Eu não disse nada.

— Sei o que você está pensando.

— Essa é a especialidade de madame Zoltar.

— E você poderia parar com esse ar presunçoso.

— Estou assim?

— Você tem sempre esse ar presunçoso quando estou perdida.

— Você disse que não estava.

Bryan cerrou os dentes e olhou com raiva para ele.

— Por que você não pega aquele mapa e me diz onde estamos?

— Fui pegá-lo dez minutos atrás, e você rosnou para mim.

Bryan respirou fundo.

— Foi a maneira como você foi pegá-lo. Você estava dando aquele sorrisinho pretensioso, e eu podia ouvir você pensando...

— Começou a entrar de novo no território de madame Zoltar.

— Que se dane, Shade. — Mas teve de reprimir o riso enquanto passava pela longa e mal-iluminada rua. — Não me importo de parecer uma idiota, mas odeio quando alguém franze a testa para mim por causa disso.

— Eu fiz isso?

— Você sabe que fez. Agora, se você pudesse...

Então, enxergou pela primeira vez o brilho das luzes vermelhas, azuis e verdes piscando. Uma roda-gigante, pensou. Só podia ser. O som metálico surgia levemente naquele fim de tarde de verão. Um acordeão. Dessa vez, foi Bryan quem pareceu presunçosa.

— Eu sabia que encontraria.

— Jamais duvidei.

Talvez ela tivesse algum comentário fulminante a fazer, mas as luzes cada vez mais próximas no início de noite e aquela música bobinha retiveram sua atenção.

— Faz anos — murmurou ela —, anos mesmo, desde a última vez em que vi algo assim. Vou ter que ver o comedor de fogo.

— E prestar atenção em sua carteira.

Ela balançou a cabeça ao sair da rua e entrar no terreno acidentado que funcionava como estacionamento.

— Cínico.

— Realista. — Ele a esperou manobrar a van perto de uma picape do ano. — Tranque a van. — Shade pegou sua bolsa e esperou do lado de fora até que Bryan pegasse a dela. — Por onde começamos?

Ela pensou em algodão-doce, mas se conteve.

— Por que não damos uma volta primeiro? Poderíamos até tirar algumas fotos agora, mas, à noite, elas teriam mais impacto.

Sem a escuridão, sem o brilho das luzes coloridas, o parque de diversões parecia muito com o que era de fato: um pouco enfadonho e mais do que um pouco brega. Suas ilusões podiam ser facilmente desmascaradas naquele momento, e não era por isso que Bryan fora até ali. Parques de diversões, assim como Papai Noel, tinham o direito de ter sua mística preservada. Com mais uma hora, quando o sol tivesse completamente se posto atrás daquelas onduladas montanhas a oeste, o parque de diversões ganharia vida própria. A pintura descascando nem seria notada.

— Olhe, lá está Voltara.

Bryan agarrou o braço de Shade e o levou correndo para ver um cartaz em tamanho natural que mostrava a personagem com curvas generosas e pouca roupa no momento em que era amarrada ao que parecia ser uma cadeira elétrica feita em casa.

Shade olhou para as lantejoulas pintadas sobre as curvas generosas.

— Deve valer mesmo a pena dar uma olhada.

Bryan bufou rapidamente e o puxou para a roda-gigante.

— Vamos? Do alto, poderemos ver todo o parque.

Shade tirou uma nota do bolso.

— Esse é o único motivo de você querer passear na roda-gigante.

— Não seja ridículo. — Seguiram e esperaram o atendente desembarcar um casal. — É uma boa maneira de cobrir todo o território e, ao mesmo tempo, descansar — começou ela enquanto se sentava no lugar vago. — Com certeza, encontraremos um excelente ângulo para umas fotos aéreas, e... — Ela escorregou uma das mãos na dele quando começaram a subir. — É o melhor lugar para dar uns amassos num parque de diversões.

Quando ele riu, ela o abraçou e beijou. Alcançaram o topo e sentiram a brisa noturna. Ficaram lá por um momento, ocupados apenas um com o outro. Durante a descida, a velocidade aumentou, e ela ficou com um frio no estômago e a mente em polvorosa. Não era diferente da sensação de ser abraçada por ele. Ficaram os dois agarrados por duas voltas inteiras.

Shade, com a cabeça dela apoiada no ombro, observava o movimento do parque se intensificar ao redor deles. Fazia anos desde a última vez em que estivera abraçado com uma pessoa tão suave e feminina numa roda-gigante. No segundo grau, quem sabe?, ele perguntou a si mesmo. Mal conseguia se lembrar. Agora, percebia que deixara sua juventude escapar porque tantas outras coisas lhe haviam parecido mais importantes naquela época. Deixara tudo correr livremente e, embora não fosse, ou melhor, não pudesse recuperar inteiramente o passado, talvez Bryan estivesse mostrando a ele uma maneira de recapturá-lo pedaço por pedaço.

— Adoro essa sensação — murmurou ela. Podia observar o sol se pôr numa última e espetacular explosão de arrogância, ouvir a música, as vozes surgirem e desaparecerem à medida que a roda girava. Podia olhar para baixo e ficar suficientemente afastada da cena para melhor entendê-la. — Passear numa roda-gigante deveria ser uma exigência anual, como um exame de rotina.

Com a cabeça no ombro de Shade, ela examinava a cena abaixo, a rua principal, as barraquinhas, os estandes de jogos. Queria ver tudo bem de perto. Podia sentir o cheiro de pipoca, de carne grelhada, de suor, o exagerado aroma de loção pós-barba do atendente quando passavam por ele. Tinha uma visão geral. Aquilo era a vida, uma olhada oblíqua sobre a vida. Aquilo era o pequeno canto da vida onde as crianças podiam ver as maravilhas, e os adultos podiam fingir por algum tempo.

Bryan pegou sua câmera e focalizou o atendente em meio a toda a fiação do brinquedo. Ele parecia estar entediado, levantando a barra de segurança para alguns casais e baixando para outros. Para ele, um emprego, pensou Bryan. Para todas as outras pessoas, uma pequena emoção. Sentou-se novamente, contente com o passeio.

Quando já estava escuro, foram trabalhar. Havia muitas pessoas reunidas em volta da roda da fortuna, jogando uma moeda que lhes trouxesse muitas outras. Adolescentes se mostravam para suas namoradas ou amigas arremessando bolas em garrafas empilhadas. Bebês jogavam bolas de pingue-pongue dentro de aquários na esperança de ganhar um peixinho cuja expectativa de vida era curta, na melhor das hipóteses. Meninas berravam no rapidíssimo Octopus, ao passo que os meninos arregalavam os olhos para os cartazes ao longo da rua principal.

Bryan tirou uma bela foto de uma mulher levando um bebê num braço, enquanto o outro filho, de 3 anos a arrastava impiedosamente. Shade tirou uma outra de um trio de garotos com músculos bem-definidos, caminhando afastados uns dos outros e fazendo o possível para parecer duros e distantes.

Comiam pedaços de pizza com queijo emborrachado enquanto observavam, junto com o resto da multidão, o dr. Wren, o comedor de fogo, sair de sua tenda e dar uma rápida e sedutora demonstração de sua arte. Como os garotos de 10 anos de idade que estavam atrás dela, Bryan foi iludida.

Após combinarem se encontrar na entrada em meia hora, os dois se separaram. Atraída, Bryan começou a vaguear pelo parque. Não sendo capaz de resistir a Voltara, entrou no meio do show para ver a mulher, um pouco enfastiada e com o rosto brilhante de maquiagem, amarrada numa cadeira que prometia destruí-la com uma carga de 2.000 volts.

Até que ela se saía muito bem, pensou Bryan, fechando os olhos antes da alavanca ser puxada. Os efeitos especiais não eram de primeira, mas funcionavam. Luzes azuis brilhavam em cima da cadeira e em volta da cabeça de Voltara. Faziam a pele dela ficar da cor da luminosidade do verão. Por cinquenta centavos, concluiu Bryan ao sair da tenda, a audiência saía satisfeita.

Intrigada, foi até o local onde os trabalhadores do parque estacionavam os trailers. Lá não havia nenhuma luz colorida, pensou ela ao dar uma olhada nos carros parados. Nenhuma simpática ilusão. Naquela noite, empacotariam o equipamento, retirariam os cartazes e seguiriam viagem.

O luar iluminava o metal dos trailers, mostrando os arranhoes e as partes amassadas. As sombras apareciam nas janelas, mas era possível ver escrito na lateral: Rouxinol.

Bryan achou aquilo tocante e se agachou para tirar uma foto.

— Perdida, mocinha?

Surpresa, Bryan se levantou às pressas e quase colidiu com um homem baixinho e robusto vestindo uma camiseta e calças de trabalhador. Se ele trabalhava para o parque, pensou Bryan, estaria numa folga bastante longa. Se fora até ali assistir a algum show, as luzes e os espetáculos secundários não haviam lhe chamado a atenção. Um cheiro de cerveja, quente e rançoso, estava impregnado nele.

— Não. — Ela sorriu para ele e manteve uma distância cuidadosa. O medo não participou de sua reação. O gesto foi automático e suave. Havia luzes e pessoas alguns metros adiante. E ela imaginou que talvez ele lhe desse um outro ângulo para as fotos. — Você trabalha aqui?

— Mulheres não deviam andar por aí sozinhas no escuro. Só se estiverem querendo alguma coisa.

Não, o medo não fora a sua primeira reação, e nem estava aparecendo naquele instante. Irritação, sim. Era isso o que estava sentindo antes de se virar para ir embora.

— Com licença.

Então, ele a pegou pelo braço, e ocorreu a Bryan que as luzes estavam bem mais distantes do que seria de seu interesse. Ignore e siga em frente, disse para si mesma.

— Olhe, tem um pessoal me esperando.

— Você é do tipo alta, não? — Os dedos dele eram bem firmes, mesmo que sua postura não o fosse. Ele avançou um pouco enquanto examinava Bryan. — Não me importo de olhar bem nos olhos de uma mulher. Vamos beber alguma coisa.

— Uma outra hora. — Bryan colocou sua mão no braço dele para empurrá-lo e descobriu que era sólido como um bloco de concreto. Foi então que começou a sentir medo. — Vim aqui tirar algumas fotos — disse ela, tão calma quanto conseguiu. — Meu parceiro está me esperando. — Tornou a empurrar o braço dele. — Você está me machucando.

— Tem mais cerveja no meu caminhão — resmungou ele enquanto começava a carregá-la cada vez para mais longe das luzes.

— Não. — Sua voz se elevou na primeira onda de pânico. — Não quero cerveja nenhuma.

Ele parou por um momento, vacilando. Quando Bryan deu uma boa mirada nos olhos dele, percebeu que estava no estágio mais alto de bebedeira que um homem podia suportar antes de cair. Uma forte sensação de medo a acometeu.

— Talvez você esteja querendo outra coisa. — Ele examinou de alto a baixo o traje de verão de Bryan. — Mulheres geralmente querem alguma coisa quando andam assim, quase nuas.

O medo diminuiu quando uma fúria gélida se instalou. Bryan o xingou. Ele deu um risinho.

— Seu idiota ignorante — disse ela antes de lhe dar uma joelhada forte e certeira. Ele gemeu de dor e baixou a mão. Bryan não esperou para vê-lo se agachando. Correu.

Ainda estava correndo quando deu de cara com Shade.

— Você está dez minutos atrasada — começou ele —, mas nunca vi você correndo tanto.

— Eu estava... eu tive de... — Ela se interrompeu, sem fôlego, e se apoiou nele. Sólido, confiável, seguro. Ela podia ficar naquela posição até o sol nascer.

— O que é? — Ele pôde sentir a tensão antes de enxergá-la no rosto dela. — O que aconteceu?

— Nada, para falar a verdade. — Insatisfeita consigo mesma, Bryan tirou o cabelo do rosto. — Encontrei um idiota que queria me pagar uma bebida mesmo sem eu estar com sede.

Os dedos dela lhe apertaram com mais força o braço, e ela piscou quando eles tocaram a área já sensível.

— Onde?

— Não foi nada — disse ela novamente, furiosa consigo mesma por não ter tido tempo para se recompor antes de se encontrar com ele. — Fui lá atrás dar uma olhada nos trailers.

— Sozinha? — Ele a sacudiu uma vez, rapidamente. — Mas que idiota você é! Não sabe que parques de diversões não são somente algodão-doce e luzes coloridas? Ele a machucou?

Não foi preocupação que ela ouviu na voz dele, mas raiva. Ela esticou a coluna.

— Não, mas você ficou ofendido.

Ele a ignorou e começou a arrastá-la através da multidão na direção do estacionamento.

— Se você parasse de ver as coisas através dessas lentes cor-de-rosa, enxergaria tudo com muito mais clareza. Você faz alguma ideia do que poderia ter acontecido?

— Posso cuidar de mim mesma. Sempre cuidei de mim mesma. — Quando chegaram à van, ela se soltou dele. — Eu encaro a vida da maneira que quiser. Não preciso dos seus conselhos, Shade.

— Você precisa de alguma coisa. — Ele tomou as chaves da mão dela e abriu a van. — É insano andar por aí sozinha, no escuro, num lugar como esse. É procurar problema — resmungou ele, sentando-se no assento do motorista.

— Você está parecendo muito com o idiota que deixei esparramado no chão com as mãos entre as pernas.

Ele olhou para ela. Mais tarde, quando estivesse calmo, talvez pudesse até admirar a maneira como ela se livrara de um bêbado inconveniente, mas, naquele momento, não conseguia enxergar nada além da falta de cuidado dela. Independência à parte, mulheres eram vulneráveis.

— Eu deveria ter prestado mais atenção, não deixando que andasse sozinha por aí.

— Espere um pouquinho aí. — Ela girou no assento. — Você não me deixa fazer isso ou aquilo, Colby. Se você colocou na cabeça que é meu protetor ou qualquer coisa do tipo, é melhor tirar agora mesmo. Eu dou satisfações a mim mesma. Somente a mim mesma.

— Pelas próximas semanas, também vai dar satisfações a mim.

Bryan tentou controlar a cólera que a dominava, mas não foi possível.

— Eu posso trabalhar com você — disse ela, medindo as palavras. — Posso dormir com você. Mas não lhe dou satisfações. Não dou agora. Não vou dar nunca.

Shade deu um murro no isqueiro da van.

— Vamos ver.

— Basta se lembrar do contrato. — Tremendo de raiva, ela se virou novamente para o outro lado. — Nós somos parceiros nesse projeto, meio a meio.

Ele deu sua opinião sobre o que ela podia fazer com o contrato. Bryan cruzou os braços, fechou os olhos e se obrigou a dormir.

Ele dirigiu por horas. Ela podia dormir, mas ele estava agitado demais para se permitir o mesmo alívio. Então, dirigiu, em direção ao Atlântico.

Ela estava certa quando dissera que não lhe dava satisfações. Aquela fora uma das primeiras regras estabelecidas. Ele não aguentava mais regras. Ela era responsável por si mesma. Shade não exercia mais influência sobre Bryan do que ela sobre ele. Os dois eram pessoas inteligentes e independentes que queriam que as coisas fossem daquela maneira.

Mas ele queria protegê-la. Quando todo o resto deixara de existir, ele queria protegê-la. Seria tão estúpida a ponto de não enxergar que ele não ficara furioso com ela, mas consigo mesmo por não ter estado lá quando precisara dele?

Bryan lhe jogara isso na cara, pensou Shade, carrancudo, enquanto passava a mão nos olhos cansados. Ela o colocara, clara e objetivamente, em seu lugar. E o lugar dele, lembrou a si mesmo, não importava o quanto haviam passado a ser íntimos, ainda era distante. Era melhor para ambos.

Com a janela aberta, ele podia sentir o aroma penetrante do oceano. Haviam atravessado o país. Ultrapassado mais limites do que ele apostara. Mas ainda estavam muito distantes de ultrapassar o último.

O que ele sentia por ela? Ele se fizera essa pergunta inúmeras vezes, mas sempre dera um jeito de bloquear a resposta. Queria mesmo ouvi-la? Mas eram 3h da manhã, a hora que ele bem conhecia. As defesas desabavam com mais facilidade às 3h da manhã. Era o momento em que a verdade tinha sua chance de entrar em jogo.

Ele estava apaixonado por ela. Era tarde demais para recuar e dizer não, obrigado. Estava apaixonado por ela de um modo completamente estranho a ele. Altruísta. Ilimitado.

Lembrando-se do passado, ele podia quase apontar o momento em que percebera a verdade, embora a tivesse chamado de algo diferente. Quando estava na ilha de pedra no lago do Arizona, ele a desejara, a desejara com mais intensidade do que jamais havia desejado qualquer coisa ou qualquer pessoa antes. Quando despertara do pesadelo e a encontrara simpática e sólida a seu lado, ele ansiara por ela, novamente mais do que por qualquer coisa ou qualquer pessoa.

Mas, quando olhara para o outro lado daquela estrada empoeirada na fronteira de Oklahoma e a vira em pé em frente a uma casinha triste com um canteiro de flores, ficara apaixonado.

Já estavam bem distantes de Oklahoma, bem distantes daquele momento. O amor crescera, dominando-o. Não sabia como lidar com ele naquele momento. Não fazia a menor ideia de como agir.

Dirigiu na direção do oceano, onde o ar estava úmido. Quando colocou a van entre duas dunas baixas, pôde ver a água, uma sombra com som à distância. Observando o mar, ouvindo o mar, adormeceu.

Bryan acordou quando ouviu as gaivotas. Rígida, desorientada, abriu os olhos. Viu o oceano, azul e tranquilo na luz matutina que já não era mais a da madrugada. No horizonte, o céu estava rosado e sereno. Brumoso. Ela acordou lentamente e observou as gaivotas voando na praia e retornando ao mar.

Shade dormia no assento ao lado, levemente virado para a porta, onde tinha a cabeça apoiada. Dirigira por horas, percebeu ela. Mas o que o motivara?

Ela pensou na discussão com uma tolerância fatigada. Saiu da van sem fazer barulho. Queria sentir o aroma do mar.

Apenas dois meses haviam se passado desde que tinham estado na praia do Pacífico? Estaria tudo realmente tão diferente?, ela se perguntou enquanto largava os sapatos e sentia a areia, fria e áspera, sob os pés. Ele passara a noite dirigindo para chegar ali, refletiu ela. Para chegar ali, a um passo do fim. Agora, só precisavam dirigir pelo litoral em direção ao norte, passando pela Nova Inglaterra. Uma rápida parada em Nova York para fotos e uso de laboratório e, então, Cape Cod, onde o verão terminaria para eles.

Talvez fosse melhor, pensou ela, se terminassem lá definitivamente. Fazer a viagem de volta, passando por alguns dos lugares que haviam descoberto na ida, enquanto tinham estado trabalhando, poderia ser difícil de suportar. Quem sabe, quando chegasse o momento certo, ela daria alguma desculpa e voaria de volta para Los Angeles? Talvez fosse melhor, refletiu, que ambos retomassem suas vidas separadas quando o verão terminasse.

Haviam completado todo um ciclo. Começando pela tensão e irritação do início, passando pela amizade cautelosa, a paixão frenética, e de volta à tensão.

Bryan se abaixou e pegou uma concha, pequena o suficiente para caber na palma de sua mão, mas ainda inteira.

A tensão quebrava as coisas, não quebrava? Despedaçava a plenitude delas, deixando-as em pedaços. Então, o que quer que você pudesse ter tido estaria perdido. Ela não queria que isso acontecesse com Shade. Suspirou e olhou para o oceano, em parte verde, em parte azul. A neblina estava subindo.

Não, ela não queria que isso acontecesse com ele. Quando se separassem, deveriam fazê-lo da mesma maneira como haviam feito ao se aproximar. Como pessoas inteiras, separadas, independentes.

Ela manteve a concha em sua mão enquanto voltava para a van. O cansaço havia terminado. Quando o viu de pé ao lado da van, olhando-a com o cabelo balançando ao vento, rosto sombreado, olhos pesados, seu coração mudou de rumo.

A separação viria logo, logo, disse para si mesma. Por enquanto, não deveria haver pressa.

Caminhou até ele, sorrindo. Pegou-lhe a mão e passou a concha para ele.

— Se você colocar o ouvido nela, vai conseguir ouvir o oceano.

Ele não disse nada, mas a abraçou. Juntos, assistiram ao nascer do sol.

Capítulo 12

Numa esquina em Chelsea, cinco crianças ousadas e cheias de energia abriram um hidrante e deixaram a água esguichar. Bryan gostou do jeito com o qual elas mergulharam no jato d'água, encharcando os tênis e os cabelos. Não era necessário pensar muito para saber o que ela estava sentindo em relação à cena. Quando ergueu a câmera e focalizou, a emoção que predominava nela era a mais pura e simples inveja.

Elas não estavam apenas refrescadas e deliciosamente molhadas enquanto ela estava amolecida pelo calor, estavam também completamente indiferentes ao mundo. Não precisavam se preocupar se suas vidas estavam indo na direção certa, ou em qualquer direção que fosse. Era um privilégio delas aproveitar, naquelas últimas ofegantes semanas de verão, sua juventude, sua liberdade e um refrescante mergulho na água da cidade.

Se ela estava com inveja, outras pessoas compartilhavam o mesmo sentimento. O que aconteceu foi que a melhor foto de Bryan foi feita aproveitando a inclusão de um passante na cena. O entregador de meia-idade com uma camisa azul suada e sapatos de trabalho empoeirados olhou uma das crianças erguer os braços e receber um jato no corpo. Em um dos rostos, via-se prazer, puro e irrefletido. No outro, via-se diversão misturada com arrependimento por algo que não podia ser reconquistado.

Bryan seguiu pelas ruas cheias de engarrafamentos ranzinzas; por calçadas que destilavam calor na mesma medida em que destilavam insultos. Nem sempre Nova York suportava o calor com rostos sorridentes.

Shade estava no laboratório que haviam alugado, enquanto ela havia optado por fazer primeiro o trabalho de campo. Estava adiando o laboratório, admitiu ela enquanto passava por um vendedor ambulante que vendia uma vasta coleção de óculos de sol de plástico. Estava adiando enfrentar sua última sessão de laboratório antes de voltarem para a Califórnia. Após aquela rápida parada em Nova York, iriam para o norte passar o último fim de semana de verão em Cape Cod.

E ela e Shade haviam voltado a ser quase insuportavelmente cuidadosos um com o outro. Desde aquela manhã em que haviam acordado na praia, Bryan dera um passo atrás. Deliberado, admitiu ela. Descobrira da pior forma possível que ele podia magoá-la. Talvez fosse verdade que ela se abrira de maneira exagerada. Bryan não negaria que, em algum ponto da viagem, perdera a determinação a manter uma certa distância. Mas ainda não era tarde demais para recuar apenas o suficiente para evitar o sofrimento. Tinha de aceitar que a estação estava quase no fim e, quando estivesse definitivamente encerrada, seu relacionamento com Shade se encerraria junto.

Com isso na cabeça, ela serpenteou sem muita pressa de volta ao laboratório alugado no centro da cidade.

Shade já estava na décima fileira de provas. Colocou uma série de negativos no ampliador e começou a selecionar e eliminar metodicamente. Como sempre, era mais implacável, mais crítico com seu próprio trabalho do que seria com o trabalho de qualquer outra pessoa. Sabia que Bryan chegaria logo, então todas as ampliações teriam de esperar até o dia seguinte. Mas, mesmo assim, ele queria ver uma delas naquele instante.

Lembrou-se do pequeno quarto de motel que haviam ocupado naquela noite de chuva perto de Louisville. Lembrou-se de como estava se sentindo naquele momento; envolvido, um pouco afoito. Aquela noite não saía de sua cabeça, principalmente agora que Bryan e ele pareciam ter levantado novamente a barreira. Naquela noite, não houvera nenhum limite entre os dois.

Encontrou a foto que desejava e a observou com lentes de aumento. Ela estava sentada na cama, o vestido lhe caía pelos ombros, gotas de chuva se grudavam em seu cabelo. Suave, apaixonada, hesitante. Tudo isso estava lá, na maneira dela se portar, na maneira de olhar para a câmera. Mas seus olhos...

Frustrado, ele estreitou os dele. O que havia nos olhos dela? Ele queria ampliar a prova naquele instante, ampliá-la de modo que pudesse ver, estudar e compreender.

Ela, agora, estava recuando. A cada dia, ele podia sentir isso, perceber isso. Um pouquinho mais de distância a cada dia. Mas o que havia em seus olhos naquela noite chuvosa? Ele tinha de saber. Até que soubesse, não podia dar nenhum passo, nem para se aproximar, nem para se distanciar dela.

Quando ouviu a batida na porta, praguejou. Queria dispor de mais uma hora. Com mais uma hora, teria a ampliação e, talvez, a resposta. Achou que poderia simplesmente ignorar a batida.

— Vamos, Shade. Mudança de turno.

— Volte daqui a uma hora.

— Uma hora? — Do lado de fora, Bryan bateu novamente. — Olhe, eu estou derretendo aqui. Além do mais, já lhe dei vinte minutos a mais do que a sua cota.

Assim que ele escancarou a porta, Bryan sentiu a onda de impaciência. Como não estava disposta a encará-la, apenas franziu a testa e desviou o assunto. Se ele queria ficar de mau humor, tudo bem. Contanto que ficasse com ele. Depositou a câmera e o copo de refrigerante com gelo na mesa como se nada estivesse acontecendo.

— E aí, como foi?

— Não terminei ainda.

Ela deu de ombros e começou a retirar da bolsa as embalagens de filme não revelado.

— Você pode terminar amanhã.

Ele não queria esperar até o dia seguinte, descobriu ele, nem mais um minuto.

— Se você me der o resto de tempo que quero, não vou precisar fazer isso amanhã.

Bryan começou a encher de água um tubo raso de plástico.

— Desculpe, Shade. Fiquei morta de cansaço lá fora. Se não começar a trabalhar agora mesmo, o que vou fazer é voltar ao hotel e dormir o resto da tarde. O que vai atrasar todo o meu lado. O que está fazendo de tão importante?

Ele enfiou as mãos nos bolsos.

— Nada, só queria terminar.

— E eu tenho de começar — murmurou ela enquanto verificava a temperatura da água.

Ele a observou por um momento, a maneira profissional como organizava tudo, arrumando as garrafas com os químicos de acordo com suas preferências. Pequenos cachos de cabelo, úmidos devido ao calor, se colavam ao seu rosto. Preparando-se para trabalhar, ela retirou os sapatos. Ele sentiu uma onda de amor, de desejo, de confusão, e se aproximou para tocar os ombros dela.

— Bryan...

— Hein?

Ele começou a se aproximar mais ainda, porém, parou.

— Que horas você acha que termina?

Havia, ao mesmo tempo, um tom de diversão e outro de preocupação em sua voz.

— Shade, quer parar de tentar me expulsar daqui?

— Eu quero voltar para acompanhar você.

Ela parou e olhou por cima do ombro.

— Por quê?

— Porque não quero que você fique andando por aí depois de escurecer.

— Pelo amor de Deus. — Exasperada, voltou-se para ele. — Você faz ideia de quantas vezes vim a Nova York sozinha? Eu pareço idiota?

— Não.

Alguma coisa na maneira como ele dissera aquilo a fez estreitar os olhos.

— Olhe...

— Quero voltar para acompanhar você — repetiu ele, dessa vez, tocando seu rosto. — Faça isso por mim.

Ela respirou fundo, tentou ficar irritada, mas acabou levantando a mão para encontrar a dele.

— Oito, oito e meia.

— Tudo bem. Podemos comprar alguma coisa para comer no caminho de volta.

— Aí, sim. Pode contar comigo. — Ela sorriu e abaixou a mão antes que pudesse sucumbir ao desejo de se aproximar mais ainda. — Agora, vá tirar algumas fotos, está bem? Tenho trabalho a fazer.

Ele ergueu a bolsa com a câmera e começou a sair.

— Se passar de oito e meia, você paga o jantar.

Bryan trancou a porta atrás dele com um clique determinado.

Ela sempre prestava atenção ao tempo enquanto estava trabalhando. O tempo era precioso demais para ela. Na escuridão, ela trabalhava com animação. Na luz âmbar, seus movimentos mantinham o mesmo ritmo. Enquanto uma série de negativos estava sendo revelada e deixada para secar, ela já ia para outra série e, depois, para outra. Quando finalmente desligou a luz, Bryan arqueou as costas, esticou os ombros e relaxou.

Deu uma olhada preguiçosa em volta e percebeu que havia esquecido a bebida que trouxera. Sem se importar, deu um generoso gole no refrigerante aguado e quente.

O trabalho a satisfazia, a precisão que ele exigia. Naquele momento, seus pensamentos se concentravam nas ampliações. Só então sua criatividade poderia ficar totalmente satisfeita. Tinha tempo suficiente, percebeu ela olhando rapidamente o relógio, para brincar um pouco com os negativos antes de ele chegar. Mas, se fizesse isso, colocaria a si mesma em situação igual à dele, deixaria algo por fazer. Em vez disso, levemente curiosa, foi analisar as provas de Shade.

Impressionantes, pensou ela, mas nem havia lhe passado pela cabeça ter outra opinião. Estava praticamente decidida a implorar por uma ampliação do velho com o boné de beisebol. Não era o estilo habitual de Shade, refletiu, inclinando-se para examinar a tira de negativos. Era bastante raro ele focalizar uma única pessoa e deixar as emoções fluírem. O homem que tirara aquela foto lhe dissera uma vez que não tinha compaixão. Bryan balançou a cabeça enquanto examinava as outras provas. Shade acreditava mesmo naquilo, ou só queria que o resto do mundo acreditasse?

Então, viu a si mesma e parou, atordoada e surpresa. Sem dúvida, lembrava de Shade montando a cena, divertindo-a, e depois seduzindo-a enquanto mudava ângulos e velocidades na câmera. A maneira como ele a tocara... Não era algo que ela pudesse esquecer, então, não poderia estar surpresa por encontrar a prova. Contudo, ficara muito mais do que surpresa.

Ainda aturdida, Bryan pegou a lente de aumento e colocou sobre o minúsculo quadrado. Olhou... receptiva. Ouviu a si mesma engolir em seco enquanto analisava a foto com mais profundidade. Olhou... com ternura. Seria sua imaginação ou, provavelmente, a habilidade do fotógrafo. Ela olhou... apaixonada.

Lentamente, Bryan baixou a lente e se esticou. A habilidade do fotógrafo, repetiu ela, lutando para acreditar. Um truque do ângulo, de luz e sombra. O que um fotógrafo captava em filme nem sempre era a verdade. Era quase sempre ilusão, quase sempre aquele vago borrão entre verdade e ilusão.

Uma mulher sabia quando amava. Foi isso o que Bryan disse para si mesma. Uma mulher sabia quando havia entregado seu coração. Não era algo que podia acontecer sem ser sentido.

Fechou os olhos por um instante e ouviu o silêncio. Existiria alguma coisa que não sentira em relação a Shade? Por quanto tempo ainda fingiria que a paixão, o desejo e a ânsia podiam ser ignorados? O amor criara um laço entre eles. O amor cimentara a relação deles em algo sólido, forte e inegável.

Ela se virou para onde estavam seus próprios negativos. Havia um que ela conseguira ignorar. Havia um ínfimo pedaço de filme que ela aproveitara num impulso, mas, depois, descartara porque ficara assustada com a resposta que talvez encontrasse. Agora, como já tinha a resposta, Bryan olhou para a foto.

Estava em negativo. Seu cabelo estava claro, o rosto estava escuro. O pequeno riacho no canto estava branco, assim como os remos em suas mãos. Mas ela podia vê-lo com clareza.

Seus olhos eram bastante penetrantes, embora o corpo estivesse relaxado. Será que, algum dia, ele conseguiria permitir que sua mente descansasse de fato? Seu rosto era duro, magro, com uma sensibilidade visível apenas ao redor da boca. Ele era um homem, Bryan sabia, que não tinha muita paciência com erros; seus ou dos outros. Era um homem com uma rígida noção do que era importante. E um homem capaz de refrear as próprias emoções e negá-las aos outros. O que desse, quando desse, seria decidido por ele e somente por ele.

Ela sabia, entendia e amava, apesar de tudo.

Já amara antes e, então, o amor fizera mais sentido. Pelo menos parecia estar fazendo. Porém, no fim das contas, o amor não fora suficiente. O que poderia ela saber sobre como fazer o amor dar certo? Acreditava que, tendo fracassado uma vez, poderia ter sucesso com um homem como Shade?

Ela amava agora, e disse a si mesma que era suficientemente sábia, suficientemente forte para deixá-lo ir. Regra número um, Bryan lembrou a si mesma enquanto arrumava o laboratório. Sem complicações. Era a ladainha que não saía de sua cabeça até que Shade bateu na porta. Quando ela abriu, quase não acreditou nas palavras.

Haviam chegado à última parada, ao último dia. O verão não era, como desejavam alguns, interminável. Talvez o tempo continuasse bom por mais algumas semanas. Flores poderiam ainda surgir, desafiadoras, mas, assim como Bryan considerara o início do verão o último dia de aula, também considerava o fim de semana do Dia do Trabalho, na primeira segunda-feira de setembro, o seu fim.

Reuniões barulhentas, festas na praia, fogueiras. Praias quentes e água fria. Isso era Cape Cod. Havia jogos de voleibol na areia e rádios portáteis ligados no último volume. Adolescentes aperfeiçoavam os bronzeados que exibiriam nas primeiras semanas de aula. Famílias entravam na água num último e frenético impulso antes do outono decretar o fim da farra. Churrascos nos quintais levantavam fumaça. O beisebol resistia, animado, antes do futebol americano entrar em cena. Como se soubesse que seus dias estavam contados, o verão caprichava no calor.

Bryan não se importava. Ela queria que aquele último fim de semana fosse tudo o que um verão poderia ser: quente, confuso, tórrido. Queria que seu último fim de semana com Shade refletisse isso. O amor podia ser disfarçado de paixão. Ela podia se deixar levar por isso. Dias longos e abafados se transformavam em noites longas e abafadas, e Bryan se agarrou a elas.

Se fazia amor de maneira um pouco frenética, se seus desejos se encontravam um pouco desesperados, podia culpar o calor. Enquanto Bryan se tornava mais agressiva, Shade se tornava mais delicado.

Ele notara a mudança. Embora não tivesse dito nada, Shade notara a mudança na noite em que voltara para o laboratório. Talvez porque raramente ficava nervosa, Bryan achava que podia esconder isso muito bem. Shade quase podia ver os nervos dela dando saltos a cada vez que a olhava.

Bryan tomara uma decisão no laboratório, uma decisão que ela imaginava ser a melhor tanto para ela quanto para Shade. Ele também tomara uma decisão no laboratório, no dia seguinte, enquanto observava a foto de Bryan nascer lentamente.

Na viagem de ida, haviam se tornado amantes. Agora, na viagem de volta, ele tinha que encontrar uma maneira de cortejá-la, como faziam os homens com as mulheres com quem queriam passar o resto da vida.

O cavalheirismo vinha antes, embora ele não fosse nenhum especialista no assunto. Pressão, se fosse necessária, poderia ser aplicada mais tarde. Nesse quesito, ele tinha mais experiência.

— Que dia! — Depois de várias horas andando, observando tudo e fotografando, Bryan se jogou na parte de trás da van, que estava com as portas abertas para deixar entrar a brisa. — Não consigo acreditar na quantidade de pessoas seminuas que vi. — Deu um risinho na direção de Shade e arqueou as costas. Vestia apenas seu maiô vermelho e um macacão branco e solto que pendia de um dos ombros.

— Você parece estar bem de acordo.

Preguiçosamente, ergueu uma das pernas e examinou.

— Bem, é bom saber que o projeto não arruinou meu bronzeado. — Bocejou e se esticou. — Temos ainda algumas horas de sol. Por que não veste alguma coisa indecente para irmos à praia? — Ergueu-se e levantou os braços para poder abraçá-lo. — Podíamos nos refrescar na água. — Beijou-o levemente, provocando, escarnecendo. — Depois, podíamos voltar e esquentar tudo de novo.

— Gosto da segunda parte. — Ele transformou o beijo em algo surpreendente, aumentando a pressão e mudando o ângulo. Sentiu-a suspirar. — Por que você não vai agora se refrescar? Tenho algumas coisas a fazer.

Com a cabeça nos ombros dele, Bryan se esforçou para não pedir novamente. Queria que ele fosse com ela, que ficasse com ela cada segundo que ainda tinham juntos. No dia seguinte, teria de dizer que tomara providências para voar de volta para a Costa Oeste. Aquela era a última noite que tinham juntos, mas só ela sabia.

— Tudo bem. — Conseguiu sorrir e se afastar. — Não consigo resistir a ir à praia quando estamos acampando tão perto. Volto daqui a duas horas.

— Divirta-se.

Ele lhe deu um beijo rápido e distante, e não olhou quando ela se afastou da van. Se tivesse olhado, talvez a visse hesitar, começar a voltar e, depois, se virar de novo e seguir em frente.

O ar já estava mais fresco quando Bryan retornou à van. Seu corpo tremia, sinal seguro de que o verão estava nas últimas. Fogueiras estavam acesas e prontas para iluminar a praia. Ao longe, Bryan podia ouvir alguns hesitantes e amadorísticos acordes de violão. Aquela não seria uma noite tranquila, concluiu ao passar por dois acampamentos no caminho para a van.

Parou um momento para olhar a água e jogou o cabelo para trás. Estava sem as tranças e levemente úmido pelo mergulho no Atlântico. Pensou na possibilidade de pegar o xampu na van e dar uma rápida passada pelos chuveiros coletivos. Poderia fazer isso antes de comer um sanduíche frio. Em uma ou duas horas, quando as fogueiras já estivessem todas acesas e a música, no mais alto volume, ela e Shade voltariam ao trabalho.

Pela última vez, pensou, levando a mão à porta da van.

A princípio, não conseguiu parar de piscar, confusa com as luzes tremeluzentes. Velas, era o que estava vendo, embasbacada. Velas e linho branco. Ali, sobre aquela pequena mesa sem equilíbrio que eles armavam entre dois assentos, havia uma toalha de mesa imaculadamente branca e dois círios vermelhos nas taças. Havia também guardanapos vermelhos de linho dobrados nos dois lados. Um botão de rosa podia ser visto num vaso de vidro estreito e transparente. No pequeno rádio atrás, era possível ouvir uma música lenta e tranquila.

Na estreita bancada improvisada, Shade, as pernas abertas, jogava um pouco de brotos de alfafa na salada.

— E aí, foi bom o mergulho? — perguntou ele casualmente, como se ela entrasse todas as noites na van com aquele aparato montado.

— Foi, eu... Shade, onde você arrumou tudo isso?

— Dei um pulinho na cidade. Espero que goste do camarão apimentado. Fiz de acordo com o meu gosto.

Ela sentia o aroma. Além do cheiro das velas e da fragrância da rosa, sentia o aroma rico e maduro do camarão apimentado. Rindo, Bryan foi em direção à mesa e passou o dedo num dos círios.

— Como conseguiu tudo isso?

— Às vezes, me chamavam de entendido.

Ela olhou para a vela e, depois, para ele. O rosto dela estava maravilhoso, límpido. Na luz tênue, os olhos estavam escurecidos, misteriosos. Mas, acima de tudo, ele viu os lábios se curvarem, hesitantes, quando ela se aproximou.

— Você fez isso para mim.

Ele a tocou levemente, apenas um toque no cabelo. Ambos sentiram algo incendiar.

— Também pretendo comer.

— Não sei o que dizer. — Ela sentiu os olhos se encherem de lágrimas e não se importou de piscar para se livrar delas. — Eu realmente não...

Ele levantou a mão dela e, com uma simplicidade que jamais demonstrara, beijou seus dedos, um por um.

— Tente um obrigado.

Ela engoliu em seco e sussurrou:

— Obrigada.

— Com fome?

— Sempre. Mas... — Com um gesto que sempre o emocionava, ela levou as mãos ao rosto dele. — Algumas coisas são mais importantes.

Bryan o beijou. Era um sabor no qual ele poderia se afogar, um sabor no qual, agora conseguia admitir, desejava se afogar. Com delicadeza e sem nenhuma pressa, ele a abraçou.

Os corpos se encaixavam. Bryan sabia disso, e sofria por saber. Até mesmo a respiração de ambos parecia se misturar até que ela tivesse certeza de que os dois corações estivessem batendo exatamente no mesmo ritmo. Ele passou as mãos por baixo de sua blusa, onde a pele ainda estava úmida.

Toque em mim. Ela o aproximou de si, como se seu corpo pudesse berrar as palavras para ele.

Saboreie o meu corpo. A boca ficou subitamente ávida, quente e aberta, como se apenas com os lábios ela pudesse conseguir o que desejava dele.

Faça amor comigo. Suas mãos se moviam pelo corpo dele como se ela pudesse tocar a emoção que desejava. Tocar, segurar, manter, mesmo que fosse apenas por uma única noite.

Ele sentia o cheiro do mar, do verão e da noite. Sentia a paixão do corpo que se agarrava ao seu. Necessidades, exigências, desejos podiam ser saboreados assim que sua boca deixasse a dela. Mas, naquela noite, descobriu que precisava ouvir as palavras. Cedo demais, sua mente avisou enquanto ele começava a perder o controle. Era cedo demais para perguntar, cedo demais para dizer. Ela precisaria de tempo, pensou, tempo e mais elegância do que ele estava acostumado a empregar.

Mas, mesmo no momento em que se afastou dela, não conseguiu soltá-la. Baixou os olhos para Bryan e viu seu próprio começo. O que quer que tivesse visto ou feito no passado, quaisquer lembranças que tivesse tido não eram importantes. Só havia uma coisa vital em sua vida, e ele estava com ela nos braços.

— Quero fazer amor com você.

A respiração dela já estava descompassada, o corpo, trêmulo.

— Sim.

Suas mãos a apertaram com mais força enquanto ele tentava estabelecer alguma lógica.

— Espaço está valendo ouro.

Dessa vez, ela sorriu e o puxou para si.

— Temos o chão.

Empurrou-o para baixo junto com ela.

Mais tarde, com a mente mais clara e o sangue mais frio, Bryan lembraria apenas o turbilhão de emoções, apenas as sensações em cascata. Não conseguiria separar a atordoante sensação da boca de Shade em sua pele do sabor inebriante que provinha do corpo dele, embaixo dela.

Ela saberia que a paixão dele jamais havia sido tão intensa, tão inexorável, mas não teria como dizer como soubera. Teria sido a maneira frenética como ele dissera o nome dela? Teria sido a maneira desesperada como ele lhe arrancara a roupa do corpo, explorando-a, violando-a no processo?

Ela compreendia que seus próprios sentimentos haviam atingido um ápice que jamais conseguiria expressar em palavras. Palavras eram inadequadas. Poderia apenas mostrar a ele. Amor, arrependimentos, desejos, esperanças; tudo havia culminado num redemoinho dentro de si até se grudar a ele. E, quando deram tudo o que podiam um ao outro, ela continuou grudada, guardando o momento para si, como teria feito com uma fotografia envelhecida após anos e anos sendo vista.

Enquanto estava ali, deitada com Shade, a cabeça no peito dele, ela sorria. Tinham dado tudo o que podiam dar um ao outro. O que mais alguém poderia pedir? Com os olhos ainda fechados, ela pressionou os lábios no peito dele. Nada estragaria aquela noite. Naquela noite, teriam luz de velas e gargalhadas. Ela jamais esqueceria.

— Espero que tenha trazido muito camarão — murmurou ela. — Estou faminta.

— Comprei o suficiente para alimentar uma pessoa normal e outra esfomeada.

Ela deu um risinho e se sentou.

— Bom. — Com uma rara demonstração de energia, ela entrou novamente no pesado macacão e se levantou. Curvou-se sobre o pote de camarão e respirou fundo. — Maravilhoso. Eu não sabia que você era tão talentoso.

— Decidi que já era tempo de deixar você conhecer algumas das minhas qualidades mais admiráveis.

Com um meio sorriso, ela olhou para trás e o viu vestir o short.

— Ah, é?

— É. Afinal, ainda vamos ter de viajar muito juntos. — Lançou um olhar enigmático na direção dela. — Muito mesmo.

— Eu não... — Ela interrompeu suas palavras e virou para mexer na salada. — Isso está com uma cara ótima — começou ela, animada demais.

— Bryan. — Ele a interrompeu antes que ela pudesse pegar algumas tigelas. — O que foi?

— Nada.

Por que ele sempre tinha de perceber?, quis saber ela. Será que não conseguia esconder nada dele?

Ele deu um passo à frente, pegou os braços dela e a encarou.

— O que foi?

— Vamos falar sobre isso amanhã, certo? — A animação ainda estava lá, se esforçando. — Estou realmente faminta. O camarão já deve ter esfriado e...

— Agora.

Com uma rápida sacudida nela, ele lembrou a ambos que sua paciência estava no limite.

— Decidi voltar de avião — revelou ela. — Tem um voo amanhã à tarde.

Ele ficou bem rígido, mas ela estava ocupada demais burilando sua explicação para reparar em quanto aquela rigidez podia ser perigosa.

— Por quê?

— Tive de reorganizar meus compromissos como uma louca para fazer esse projeto. O tempo extra que eu conseguiria acalmaria as coisas.

Pareceu fraco. Era fraco.

— Por quê?

Ela abriu a boca, preparada para lhe dar uma variação sobre o mesmo tema. Um olhar dele a impediu.

— Eu só quero voltar — ela conseguiu dizer. — Sei que você gostaria de ter companhia durante a viagem, mas o projeto está encerrado. Tudo indica que você pode chegar bem mais rápido sem mim.

Ele combateu a raiva. Raiva não era o caminho. Se tivesse sucumbido a isso, teria berrado, urrado, ameaçado. Não era o caminho.

— Não — disse ele simplesmente, e ficou por isso mesmo.

— Não?

— Você não vai voltar de avião amanhã. — A voz dele estava calma, mas seus olhos diziam muito mais. — Voltaremos juntos, Bryan.

Ela se animou. Uma discussão, pensou ela, seria fácil.

— Olhe aqui...

— Sente aí.

Ela raramente agia de modo arrogante, mas, quando agia, era muito competente.

— O quc disse?

Como resposta, Shade a empurrou levemente para o assento. Sem falar nada, pegou um envelope que guardava suas mais recentes fotos reveladas. Jogou-as sobre a mesa e pegou a de Bryan.

— O que você está vendo? — perguntou ele.

— Eu mesma. — Ela pigarreou. — Estou vendo a mim mesma, é claro.

— Não é o suficiente

— É isso o que estou vendo — retrucou ela, mas não olhou novamente para a foto. — É só o que há nela.

Talvez o medo desempenhasse um papel em suas ações. Ele não queria admitir. Mas era o medo, medo de ter imaginado algo que não estava lá.

— Sim, você está vendo a si mesma. Uma mulher bonita, uma mulher desejável. Uma mulher — continuou ele — olhando para o homem que ela ama.

Ele a despira. Bryan teve a sensação de que ele realmente removera camada após camada de mentira, defesa, disfarce. Ela vira a mesma coisa na imagem que ele congelara na foto. Ela vira, mas o que dava a ele o direito de despi-la daquela forma?

— Você exige que eu me entregue demais — disse ela, com a voz tranquila. — Demais mesmo.

Ele teve uma sensação de alívio. Precisou fechar os olhos por um instante. Não era imaginação, não era ilusão, mas amor. O amor estava lá, com ele, o começo de tudo.

— Você já me entregou tudo.

— Não. — Bryan se virou e se agarrou ao que lhe restava. — Não entreguei, não. O que sinto é minha responsabilidade. Não pedi nada a você, e nem vou. — Respirou fundo. — Nós fizemos uma acordo, Shade. Sem complicações.

— Então, parece que nós dois renegamos o acordo, não? — Ele agarrou a mão dela antes que não pudesse mais alcançá-la. — Olhe para mim. — O rosto dele estava próximo, iluminado pela luz da vela. De alguma forma, a tênue luz iluminava o que ele vira, o que ele vivera, o que ele superara. — Você não vê nada quando olha para mim? Vê mais num estranho na praia, numa mulher na multidão, numa criança na esquina do que vê em mim?

— Não faça... — começou ela, mas foi interrompida.

— O que você vê?

— Vejo um homem — disse ela, falando rápido, apaixonada. — Um homem que precisou ver mais do que deveria. Vejo um homem que aprendeu a manter seus sentimentos cuidadosamente controlados porque não tem muita certeza do que aconteceria se perdesse o controle sobre eles. Vejo um cínico que não conseguiu eliminar completamente sua própria sensibilidade, sua própria empatia.

— Verdade — disse ele, imparcial, embora aquelas palavras fossem, ao mesmo tempo, mais e menos do que gostaria de ouvir. — O que mais?

— Nada — respondeu ela, quase em pânico. — Nada.

Não era suficiente. A frustração era perceptível; ela podia ver nas mãos dele.

— Onde está a sua percepção agora? Onde está a luz que a leva a ficar tão à mercê do brilho de um homem autoritário e temperamental? Quero que você me enxergue por dentro, Bryan.

— Não consigo. — As palavras saíram com um tremor. — Tenho medo.

Medo? Aquela hipótese jamais lhe passara pela cabeça. Ela era só emoção, procurava emoção, colhia emoção. Aliviou a pegada em sua mão e proferiu as mais difíceis palavras que poderiam sair de sua boca.

— Eu amo você.

Ela sentiu as palavras como um tapa na cara. Ficou sem fôlego. Se ele dissera aquilo, era exatamente o que sentia, disso ela podia ter certeza. Estivera tão imersa em seus próprios sentimentos a ponto de não conseguir enxergar os dele? Era tentador e seria fácil simplesmente se lançar nos braços dele e assumir o risco. Mas lembrou que ambos haviam arriscado antes, e fracassado.

— Shade... — Ela tentou pensar com calma, mas as palavras de amor ainda badalavam em sua mente. — Eu não... você não pode...

— Quero ouvir você dizer. — Aproximou-se dela novamente. Não havia para onde ir. — Quero que você olhe para mim, sabendo que tudo o que você disse sobre mim é verdade, e me diga.

— Não daria certo — colocou ela rapidamente, porque seus joelhos estavam trêmulos. — Não poderia dar certo, você não enxerga isso? Eu poderia dizer que quero porque sou suficientemente idiota para pensar que, talvez, dessa vez... com você... Casamento, filhos, não é isso o que você quer, e entendo. Eu também pensava que não queria nada disso, até que tudo ficou tão descontrolado.

Ele estava mais calmo agora, ao passo que ela parecia mais desgastada.

— Você ainda não me disse.

— Tudo bem. — Ela quase berrou. — Então, tudo bem, eu amo você, mas eu...

Ele a beijou, inviabilizando qualquer possibilidade de desculpa. Agora, ele poderia simplesmente beber as palavras e tudo o que elas significavam para ele. Salvação. Ele poderia até acreditar nisso.

— Que sangue frio você tem — disse ele, junto ao rosto dela — para me dizer exatamente o que eu queria ouvir.

— Shade, por favor. — Sucumbindo à fraqueza, ela jogou a cabeça no ombro dele. — Eu não quis complicar as coisas. E nem quero agora. Se eu voltar de avião, nós dois vamos ter mais tempo para reorganizar nossas vidas. Meu trabalho, seu trabalho...

— São importantes — completou ele —, mas não tão importantes quanto isso. — Ele esperou os olhos dela se fixarem lentamente nos seus. Agora, sua voz estava calma outra vez. Continuava segurando a mão dela, mas não apertava mais com tanto desespero. — Nada é tão importante quanto isso. Você não queria, talvez eu mesmo pensasse que não quisesse, mas agora vejo tudo com mais clareza. Tudo começou com você. Tudo o que importa. Você me deixa límpido. — Ele passou a mão no cabelo dela. — Meu Deus, você me faz ter esperanças novamente, acreditar novamente. Acha que eu vou deixar você tirar tudo isso de mim?

As dúvidas começaram a desaparecer, lenta e tranquilamente. Segundas chances? Ela nunca deixara de acreditar nelas. Azarões, lembrou ela. Bastava querer muito ganhar.

— Não — murmurou ela. — Mas eu preciso de uma promessa, Shade. Só então acho que poderíamos acertar alguma coisa.

Ele assim fez.

— Prometo amá-la e respeitá-la. Cuidar de você, mesmo que você não goste disso. E prometo que o que sou pertence a você. — Levantou-se e abriu o guarda-volumes. Calada, Bryan o observou pegar um pequeno pote de amores-perfeitos. O aroma era leve, doce e duradouro.

— Vamos plantá-las juntos, Bryan.

As mãos dela se fecharam sobre as dele. Não fora ela quem sempre acreditara que a simplicidade da vida era feita pelas próprias pessoas?

— Assim que chegarmos em casa.

Epílogo

— Quer cooperar, por favor?

— Não.

Divertindo-se, mas não inteiramente satisfeito, Shade observou Bryan ajustar os para-sóis ao lado e atrás de si. Parecia-lhe que ela estava brincando com a iluminação muito mais do que o realmente necessário.

— Você disse que eu podia ter o presente de Natal que quisesse — lembrou ela ao ajustar o medidor de intensidade de luz em seu rosto. — Eu quero essa foto.

— Foi um momento de fraqueza meu — resmungou ele.

— Inflexível. — Sem demonstrar nenhuma solidariedade, Bryan deu um passo para trás e analisou os ângulos. Ali a luz estava perfeita, as sombras estavam exatamente onde deveriam estar. Mas... Um longo e sofrido suspiro escapou de sua boca. — Shade, quer parar de fazer essa cara de ameaça?

— Eu disse que você podia tirar a foto. Não disse que ficaria bonitinha.

— Sem chance — disse ela entre dentes.

Exasperada, ela roçou a mão no cabelo, e a fina aliança de ouro em sua mão esquerda brilhou na luz. Shade a observou cintilar com o mesmo tipo de prazer estranho que sempre sentia quando lembrava que os dois eram uma equipe em todos os sentidos. Deu um risinho e juntou sua mão esquerda à dela, fazendo com que as duas idênticas alianças se tocassem levemente.

— Tem certeza de que você quer essa foto de presente de Natal? Eu tinha pensado em lhe dar cinco quilos de chocolate francês.

Ela estreitou os olhos, mas seus dedos se entrelaçaram nos dele.

— Golpe baixo, Colby. Bem baixo. — Recusando-se a se distrair, ela recuou. — Vou tirar a minha foto — disse ela. — E, se você quiser ser desagradável, eu mesma vou comprar o chocolate. Alguns maridos — continuou ela, voltando a se posicionar atrás da câmera — fariam todos os mimos às suas mulheres se elas estivessem na mesma condição delicada em que eu estou.

Ele baixou os olhos para a barriga ainda sem protuberância debaixo do enorme macacão. Ainda ficava atordoado de pensar que havia vida crescendo ali dentro. Vida deles. Quando o verão chegasse novamente, estariam com seu primeiro filho. Não lhe daria a chance de saber que tinha de lutar contra a ânsia de paparicá-la, de mimá-la a cada instante. Em vez disso, Shade deu de ombros e enfiou as mãos nos bolsos.

— Esse aqui, não — disse ele levemente. — Você sabia com quem estava se casando.

Ela olhou para ele através do visor. As mãos estavam nos bolsos, mas ele não estava relaxado. Como sempre, seu corpo estava pronto para sair correndo, e sua mente, já bem longe.

Mas, nos olhos, ela via o prazer, a delicadeza e o amor. Juntos, eles estavam fazendo tudo funcionar. Ele não sorriu, mas Bryan, sim, ao acionar o obturador.

— E como sabia — murmurou ela.

Este livro foi composto na tipologia Minion Pro,
em corpo 10,5/13,6, impresso em papel offset 56g/m²,
no Sistema Cameron da Divisão Gráfica
da Distribuidora Record.